独裁者の誤算

— Dictator's Miscalculation —

SANADA Sho
真田翔

文芸社

目次

登場人物

望月順（三十八歳）……報道カメラマン。勤務先・速報出版社
村瀬かずみ（二十八歳）……ヤマツ薬品開発部創薬課
紺野郁夫（三十二歳）……ヤマツ薬品開発部創薬課主任
金子茂雄（四十八歳）…ヤマツ薬品開発部創薬課長
サガン（四十二歳）……ムーア国大統領
ベギ（二十二歳）……望月のパートナー。通訳者。
カブレ……ベギの夫
クレベン……サガン大統領の部下。ムーア国国防相
グロス……アーラン国軍の将軍

アーラン国……西アジアに所在する王国
ムーア国……アーラン国の元帥だったサガンが軍事クーデターを起こして建国

この小説はフィクションです。
登場人物、団体名、国名等、すべて架空のものです。

1．村瀬かずみ

村瀬かずみは現在ヤマツ薬品の開発部創薬課に所属している。

ヤマツ薬品は日本でも中堅どころの薬品会社であり、全国に数か所生産拠点の薬品工場を持っている。東京にはそれらを統括する本社があり、その中に開発部創薬課が置かれている。開発部は創薬課以外にも開発、治験、そして営業に至る研究・開発とリサーチを含む大所帯である。

創薬課の範疇《はんちゅう》は新薬開発が主業務である。彼女は入社後すぐにこの創薬課に配属になり、すでに四年が過ぎていた。今では上司の課長、主任からの信頼もおそらく厚いのであろう、彼女一人に任せられる仕事量も増えてきている。

実は彼女の父親はヤマツ薬品の重役である。その伝手《つて》で入社したのだが、そのことは同僚たちには伏せていた。そんなことで自分が特別扱いされるのはいやだったからだ。父親もそんな娘の思いを喜んだ。それを知っているのは社内でも一部の人間だけであった。

その日も彼女は早めに出社し、普段どおり談話室でコーヒーを飲んでいた。談話室内の同僚の多くは、始業までの短い時間をそれぞれの友人と隣り合わせに座って、楽しそうに談話しながら過ごしている。

しかし、かずみの隣は空席であった。そして誰もそこに座って彼女に話しかけようとする者はいなかった。

それにはある理由がある。それは彼女が最近自分の上司である主任と婚約したことを皆が知っているからである。自ら吹聴したわけでは決してないのだが、どこからかその情報は漏れており、彼女の隣の席が指定席であることが暗黙の公認となっていた。

紺野郁夫。村瀬かずみが所属する開発部創薬課の主任、それが彼女の婚約者である。

いつもはとうにその指定席は埋まっているはずなのに、今日はまだ空席のままであった。

そして彼女は明らかにいつもの落ち着いた彼女ではなかった。時々席を立って窓から下の方に目をやり、そしてまた自分の席に戻るといったことを繰り返している。今は十二月で、しかも今日は霙《みぞれ》である。談話室の暖房によって窓は結露している。彼女はその窓の結露を指で拭《ぬぐ》いながら外を見ている。この窓からは従業員通路が見えていた。

そんなことを繰り返している時、その様子を見かねたのか、同僚の一人がかずみに向かって笑いながら声をかけた。

「今日、ダーリンはまだ？」

かずみは引きつった笑みを見せながら首を横に振って、（もうすぐ始業ベルが鳴る。遅刻するよ、早く来て）と心の中でつぶやいた。

彼女は未練がましく談話室を振り返りつつ、職場に向かう廊下を歩きながら昨日のことを思い返していた。

――夕食を一緒にして、それからコーヒーを飲みながら結婚式の話などをしたあと別れた。お互いどちらかの部屋に泊まるのは週末と決めているので、昨日は短時間で別れた。だとしたら、彼は今日出社しないことを私に言うのを忘れたか、それとも急に出張の依頼があったのかもしれない。

そんなことを思いながら職場に入ると、始業ベルが鳴った。

彼女はいつもの場所に立って朝礼が始まるのを待ちながら、朝礼のいつもの郁夫の立ち位置に、目をこらして彼を探してみたが無駄であった。その次に彼の机を見たが、特に普段と変わっている様子もなかった。

朝礼は課長の金子茂雄が取り仕切る。

金子課長も紺野主任の姿が見えないのが気になるらしく、朝礼の間、かずみに執拗に視線を送ってくる。それに応じて彼女は首を傾げたり、横に振ったりして応対していた。

結局、郁夫は朝礼には現れなかった。

朝礼が終わると、すぐに彼女は金子課長に呼ばれた。

「村瀬君、紺野主任が来ていないようだが、君はそのことに関して何か知らないか？」

「課長もご存じないのですか？　紺野主任とは昨晩もお会いしていまして、その時は普段と全く変わった様子はありませんでした。今日の欠勤は彼に何か急用ができたと思っていたのですが……。あとで彼の携帯に電話してみます」

「よろしく頼むね。年末になったので、今年度の当課の実績資料をまとめるためにどうしても彼の手助けが必要なんだ」

実は、金子課長には郁夫とかずみの結婚の仲人をお願いしてあり、また二人の大学の先輩でもある。

つまり、郁夫はかずみの上司であり先輩でもある。

そのうえ研究室も同じであった。

郁夫は現在三十二歳で、かずみは二十八歳である。

彼女が入社した時に郁夫はすでに創薬課に在職しており、それ以来、かずみは彼の部下として働いてきた。四年にわたる上司と部下の関係は二人の間を親密にした。

そして、その後に続く結婚を意識した付き合いが始まってからもすでに一年以上は経っていることで、十分すぎるほど互いに気心は通じ合っており、彼に何かの事情があるのなら、必ず彼女にその内容を打ち明けてくれたはずだと思っている。

彼女はそんなことを思いながら、廊下で郁夫の携帯に電話を入れてみた。

だが何度か繰り返してみても、郁夫が応答することはなかった。どうやら彼の携帯は電源が入っていないようだ。

彼女は課長にその旨を話して、自分が直接彼のアパートを訪問し様子を確認したいと申し出て、了承を得た。

彼女は職場の同僚に訳を話し彼のアパートに向かった。

乗り込んだ電車には、出勤時と違い十分な空席があった。電車の窓から外を見る彼女の視線の先には、東京には似合わない師走の街があった。

すでに葉を落とした街路樹をさらにさいなむように、霙混《みぞれ》じりの強い北風が吹いている。そんな過酷な中でさえ行き交う人がいる。その人たちを守るのは外套《がいとう》の襟だけである。

かずみはコートの襟を立てた。なぜか自分が震えていることがわかった。今日の郁夫の欠勤に言い知れぬ胸騒ぎを覚える。そんな彼女の不安が襟を立てさせたのである。

治安もしっかりしている東京で、長年通い慣れた会社を無断欠勤するなんておかしい。体調に異変でもあったのだろうか。しかし携帯の電源が入っていないということは、彼が予想もしない事故か事件に巻き込まれたということも考えられる。まさかとは思っても、それを冗談だとか、感傷的と打ち消すための勇気が全く出てこない自分がそこにいる。

そして彼女は小声でつぶやいた。

「郁夫さん、あなたならこんなに震えている私をほっといたりはしないでしょう？　早く私のところに来て、いつものように私を抱き締めてください。こんな師走の日はあなたの優しい抱擁が、私にとってはどんな外套の襟よりも暖かいの」

彼のアパートへ行くには、会社の最寄りの駅から都電と地下鉄を乗り継いで約四十分、徒歩の時間を含めても一時間はかからない距離である。

そんな通勤のしやすさをかずみはうらやましく思うが、いっぽう片道二時間は要する通勤に不向きなかずみのアパートにも魅力がある。そこは緑豊かな静かな場所で、それはそれで気に入っている。

よって週末のお泊まりは郁夫のアパートを使うことがほとんどであった。かずみが最初に彼のアパートを訪ねた時には時間が経つのが長いと感じたが、その後足繁く通うようになってからはまったく気にならなくなった。だが今日はいつもと違って彼のアパートがとても遠くにあるように感じた。

郁夫のアパートが見えた。携帯で時間を確認すると、会社を出てから約一時間であった。彼女は今、彼の部屋のドアの前に立っている。もちろん持っている合鍵ですぐにドアを開けることもできるが、念のために彼女はドアの扉に耳をあてて室内で物音がしないか確認してみた。

そして室内が静かなことを確認すると、ドアを開けて、忍び足で彼の部屋に上がり込んだ。室内に人の気配はなかった。外はまだ強い寒風が吹き荒れているが、以前には感じたことがないような静寂が漂っていた。

彼女は慎重に各部屋を見て回った。特に扉付きになっているクローゼットやベッドの下、浴室、そしてトイレを入念に見たが、やはり誰もいない。次に、紺野が通常出社の時に持っていくパソコンと、それを持ち運ぶバッグ、携帯電話、靴などがあるかも調べてみた。

それらが終わった後、かずみは気が抜けたようにソファに腰を下ろして、定まらない視線で部屋の中をぼんやりと見ていた。そしておもむろに携帯電話を取り出して金子課長に電話をした。電話で話したお互いの主旨は次のようなものであった。

紺野主任はアパートの自室のどの部屋にもいなかった。部屋は特に荒らされている様子も、誰かと争ったような跡もなかった。そして彼の携帯電話、パソコン、それを持ち運ぶバッグと靴がなかった。よって紺野主任は、アパートを出て会社に向かう途中で事故か事件に遭遇したと考えられた。

金子課長はかずみの電話に対してねぎらいの言葉を伝え、今日は会社に戻る必要はないので、もう少し紺野主任のアパートに待機してほしいこと、もし明日も連絡不能なら会社側から警察に捜索願を出すつもりであることなどを伝えた。

かずみは承諾して電話を切った。その後、彼女は一時間ごとに郁夫に電話を入れてみたが、相変わらず彼の携帯電話の電源は切れたままであった。

かずみは昼食をとることにした。冷蔵庫を開けてみたが、予想どおりめぼしい食材は入っていなかった。彼が普段は自炊をしないことは知っていた。

彼女は買い物に出かけることにした。このままこの部屋にいるよりはずっと気が晴れると考えてのことと、夕食用の食材も欲しかった。

外は相変わらず激しい寒風が吹いている。買い物から戻ってきた彼女はかなり濡《ぬ》れていた。シャワーを浴びた後、簡単な昼食をとった。

その後は普段は見ることのないテレビに目をやりながら、郁夫のことを考えていた。上司と部下の関係で四年、結婚を夢み始めてから一年、そして婚約に至った。かずみにとって彼は相性、生活力、そして心身の健康のどれをとっても信頼できる結婚相手だと確信している。

だから今日起きたトラブルは、郁夫とかずみの関係の不都合から発生したものではないと彼女は確信している。一体どんな不可抗力の出来事が出社時の彼を襲ったのかは不明であるが、それが軽微なものであり、元気で無事に自分の元に戻ってきてほしいと願うばかりであった。

そして彼女は、彼が帰って来た時に明かりのついた暖かい部屋で彼を迎えてあげたいと思った。そこで彼女は今夜は彼の部屋に泊まることにした。

いつもは眠りの深いかずみであったが、さすがにその夜は眠れなかった。映像が走馬灯のように彼女の頭を駆け巡っていた。

結局郁夫は翌朝までに戻って来なかった。そしてかずみは一人で彼のアパートから出社した。

その日以降、郁夫の消息は警察に任せることになった。捜索に当たって、警察からかずみに彼の通勤経路等の詳細情報が求められた。

それからしばらくして警察から金子課長に、郁夫は沿道設置の監視カメラの記録から、最寄りの駅までは出社途中にあったことが報告された。

だが残念ながら、それ以降は警察の新しい捜索情報はもたらされなかった。

それに加えて、紺野主任の穴埋めということで、かずみにも金子課長からの仕事依頼が山ほど舞い込んできたので、目の回るような毎日を過ごしていた。それでも毎出退社時、郁夫のアパートを訪問することは忘れなかった。

そうしているうちに、かずみの心はある思いにとらわれていった。それは、彼の失踪は本当に事件や事故なのかという疑問だった。

彼は会社にとって有能な主任であると同時に、数々の論文が専門誌に掲載されるなど、その分野の若き研究者として世界的に有名な存在であった。

そんな彼に、以前ある噂が立ったことがある。それは海外の企業から引き抜きのオファーが来ているのではないかというものだった。彼ほど有能な人材なら、それは十分にありえることだった。

当の本人はそんな噂は一向に気にしていない様子だったが、彼女にとっては大問題だった。

もし彼が引き抜かれたとしたら、婚約はどうなる？　父は会社の重役であり、彼には大いに期待している。だから彼とのお付き合いが始まった時も大喜びしてくれたのだ。もし彼が会社を裏切るようなことをしたら、父は彼を許さないだろう。そして私との婚約も……。

かずみは一度彼に聞いたことがある。最近の噂に心当たりはあるのかと。

彼はそれを一笑に付した。

「ありえないよ。だって僕は絶対に君と結婚するのだから」

その日以来、かずみが雑音を気にすることはなくなった。

そんな彼への噂も消え去った頃に起きた、突然の失踪だった。彼女の脳裏に、再びあの噂が真実味を帯びてのしかかってきたのである。

郁夫の音沙汰がないまま、時は一か月、二か月、そして桜が散る季節と過ぎていった。それに伴い彼の安否の話題も潮が引くように職場から消えた。というより、かずみのことをいたわって、同僚の誰もが禁句にしているようであった。

それとは別に、彼の両親からは頻繁に彼の安否を確認する電話があるが、いつも同じ内容の答えしかできないことが歯痒《はがゆ》かった。

そして、ついにその時が来た。蝉《せみ》が鳴く頃、彼の両親がかずみを訪ねてきて、一緒に彼のアパートの整理と解約を行った。そして婚約の解消が提案されたのだった。

彼の両親は、かずみと共に彼女の実家にも挨拶に訪れ、息子の不始末を詫びた。そしてかずみの両親とも話し合った結果、今はそれもやむなしという結論に至った。かずみもしぶしぶ承諾した。

彼の両親を見送るとき、後ろ姿の母親の肩が小刻みに震えているのが見て取れた。かずみも頭を下げながらついにこらえきれなくなって、誰に憚《はばか》ることもなく大粒の涙を流した。

北の地方ではそろそろ紅葉が始まる頃、かずみの仕事も順調になってきた。

だが、あの噂への疑惑が彼女の頭から離れることはなかった。

2．望月順

望月順、彼は速報出版社の報道カメラマンである。

速報出版社は決して大きな会社ではないが、大手出版社からの引き合い数は多く、経営的には問題ないようである。世間一般に大手会社は3K「きつい」「汚い」「危険」の仕事を嫌い、それらの仕事を下請けに回す傾向があるが、まさに速報出版社はその下請けなのである。

望月は現在三十八歳の独身である。遡ること十二年前には結婚の機会もあったが、仕事の性質上急遽《きゅうきょ》海外取材などの理由でデートの約束をすっぽかすことも多く、結局相手から仕事か自分かどちらを取るか最終選択を迫られて、望月は仕事を選んだ。

でも今になって考えれば、負け惜しみではないが、報道カメラマンを選択して正解だと思っている。彼は本当に今の仕事を愛している。世間で言われているように、海外での報道カメラマンの仕事は死と背中合わせの職業である。報道カメラマン職を辞めない以上、自分にとっても、最愛の人を悲しませないように結婚には縁遠いところに自分を置くことにした。

彼が報道カメラマンの職が好きな理由はいくつかあった。

子供の頃から人物の写真撮影が好きであった。

写真は絵画とは違って一発勝負の瞬間が大事であり、読者の目に訴える映像の強弱により、付随する記事のインパクトも変わってくる。そんな瞬間を追い求めるのが好きである。海外での報道カメラマンは、自分の行動に関してはある程度自分の裁量で行動を決めることができる。

また、報道取材業は割と自分で自由に仕事の差配もできるので、今の仕事を愛している。特に最近は海外報道の仕事に忙しい。取材に危険が伴う海外取材は危険手当の高額報酬が得られる。独り身の望月はこの仕事生活に満足していた。

彼は今、西アジアにあるムーア国の取材に来ている。取材の目的はこれから述べるような主旨なのであるが、その前に少しこの地域のことについて触れておく。

ムーア国はもともとアーラン国国防軍元帥のサガンが軍事クーデターを起こし、四年前に建国した国である。アーラン国は古くからの王国で、代々血縁者が元首となっていた。革命国ムーア国より数倍面積は大きいが、国土の大半は砂漠である。その主産業は国王が利権を持つ原油の産出である。それはムーア国が建国された後も変わらない。

しかし、サガンに南側の海岸地帯を奪われたため、現在アーラン国の周囲は他国に包囲されてしまっている。それでも依然として原油産出量は非常に多いため、アーラン国北側の隣国との間にパイプラインを造り原油の輸出を行っている。そしてその利益を使って軍備を着々と増強し、占領された領地の奪還を狙っている。

ムーア国も主産業は原油である。こちらはアーラン国時代に整備された原油輸出専用港があり、大型タンカーなども問題なく着岸できる設備が備わっているので、この港経由で原油を購入している国は非常に多い。そのため輸出額はアーラン国の数倍に達している。大統領のサガンはこうなることは予見していたわけであり、それが反乱の基礎になっている。

ムーア国の隣国は古くからの王国ばかりで、サガンのように軍人の成り上がり者が建国した国とは反目している。そのことはサガンも承知しており、彼も国家予算のほとんどを軍備に充てている。

このように、ここは抗争が一触即発の状態にあり、世界の国々の注目の地域である。もしここで戦争が始まれば、原油減産、価格高騰が火を見るより明らかであり、そのことから世界中の国々はこの地域で抗争が起こらないように、ムーア国に援助などのてこ入れをしてバランスの維持を図っている。

望月の今回の取材目的は、この緊張した地域の一国、ムーア国大統領の方針変貌の噂《うわさ》の真偽調査にあった。

実を言うと、望月には先のサガン大統領の報道に因縁があり、会社方針でムーア国への訪問取材が禁止されていた。彼はそこを何とか会社に頼み込んで、ムーア国への訪問取材の許可を得ることができた。

彼にはムーア国とは切っても切れない因縁があった。彼はサガンがクーデターを起こした時、アーラン国にいたのである。その時、アーラン国王は北方のアーラン国第二の都市へ逃げた。そして隣国の友好国援軍との共同作戦でサガン軍に応戦し、何とか現在の国境線を定めることができた。

アーラン国軍とサガン軍の苛烈を極めた抗争で、何万人もの一般市民が戦争の犠牲となった。望月はその時サガン元帥軍が行った残酷、無慈悲な戦争行為の撮影に成功し、それは全世界へ発信された。

結果、その映像写真が多くの人の目に留まり、皆震撼《しんかん》するとともに、サガンは極悪人と非難された。それ以来ムーア国のサガンは「独裁者」と呼ばれ、多くの国から警戒され危険人物と見なされることになった。そしてその時のスクープ写真が世界的な評価を呼び、望月の報道写真家としての名声を上げることになった。

望月にとってこのような縁があるムーア国には常日頃から関心があり、別の国の取材中もムーア国の記事には注目していた。

彼は最近、ムーア国を訪れた報道員の多くが、サガン大統領が施政方針を変えたと報道しているのが目に留まっている。その内容は、サガン大統領が慈悲深い統治を行い始めたので、国民が大統領に感謝していると揃《そろ》って報道されていた。それが事実である裏付け報道映像や写真もあって、それらは多くが国民と大統領が並んで握手、肩を組んで談笑しているといったものである。

望月はサガン大統領が施政を変更したのは、もちろん下心があってのことだろうと思っている。おそらく彼自身の好感度を上げることで、海外からより多くの援助を引き出そうとしているのだろう。

その画策と思われる別の映像、動画も多い。それらは、原油輸出利益収入のほとんどを軍事費に充てているので、ムーア国の国民は貧困状態にあると告げている。サガン大統領は自国民の窮乏の実情を全世界へ公開し、自国に対する援助を期待しているわけである。

だが望月には、まだ自分の頭の中に残っているサガン大統領の残虐、残酷性が、急に慈悲深さに変わるとは到底考えられなかった。

そこで望月は危険を承知で再度ムーア国へ行き、ムーア国民の生の声を直接取材することで、最近のムーア国報道の真偽を確認したいと願い出たわけである。

3. 独裁者の画策

サガン大統領はクレベン国防相を呼び出して質問した。

「クレベン、アーラン国との国境で紛争があるようだが？」

クレベンは落ち着いた声でサガンに答えた。

「些細《ささい》な出来事です。大統領が気にかける必要は全くないと思います。いつもの国境警備兵間の撃ち合いがあっただけです。すでに両軍とも銃を収めています」

「ところでクレベン君、君の方から僕に聞きたいことがあると言っていたが、何が聞きたいのだ？」

「ある男が当国の取材のため、ビザの発給を求めています。ビザ発行を許可しますか？」

サガンは不思議そうな顔をして答えた。

「海外からの取材要請者に対するビザ発行は君に一任しているはずだ。まして私が取材者を大歓迎しているのは君も知っているはずだ。取材された報道が世界の多くの国で放送され、我が国の窮状に少しでも味方してくれる国が多くなればそれでいい。世界の多くの国を味方につけた国を相手に、アーラン国も派手な立ち回りはできないはずだ。それでも私に確認を求める訳はなんだ？」

「その男は望月というのです……」

クレベンはサガンの顔を覗《のぞ》き込んで返事を待っている。しばらくしてサガンは答えた。

「クレベン君、それは逆に好都合だ。確かに彼の報道で私は世界的な悪名を被ることになった。もちろん、あの時は望月をひねりつぶしたいと思ったほど憎んだ。でも、彼が行った報道を逆に使えば、私もそのうち望ましい為政者の名声を獲得できるかもしれない。それほど世界に対する報道はすごい武器になるということだ。ぜひ、彼にビザを発行してやりたまえ。さらに当国が平和を望む国である一端をこちらから紹介してやりたまえ。

それよりも、クレベン君、例の計画は順当に進んでいるんだろうね。これまでの話が成就するかいなかはこの計画の帰結にかかっているからね。わかっているだろうね」

サガンは念を押した。

「順調です。おそらくあと半年以内に、我が国民全員に規定回数分の接種が完了します」

クレベンは自信をもって答えた。そして続けて、

「第一に、蚊を媒介とする伝染病予防ワクチンを国民に無料接種することで、乳幼児、子供の致死率を下げること。第二に、そのワクチン生産工場へ国民を就業させ、国民の懐を豊かにすること。第三に、生産された余剰ワクチンを隣国に無償配布することで、隣国からの厚い信頼を得、隣国との紛争をなくすこと」

クレベンはさらに語気を強めて言った。

「国民は皆、大統領の慈悲深さに感謝し、ひれ伏しています」

クレベンは続けて言った。

「おそらく来年になれば、生産余剰分のワクチンを隣国国民にも接種することになると思います。そうなれば、隣国国民からも大統領は多大な支持を得られるはずです。そしていずれは、大統領がこの地域に抱いている野望も自然に転がり込んでくるはずです」

サガンは興奮を抑えきれないクレベンの主張に、大いに満足した表情を浮かべ言った。

「我が国の援助国への原油供給の優遇と、我が国の乳幼児の致死率の改善を餌に、全世界に援助を募ったところ、多くの国から賛同を得て援助を受けることができた。そしてその援助金でワクチン工場も無事建設できた。この工場は第一に我々、第二に国民、そして第三にこの地域に利益をもたらす宝の設備だ。我が国にとって一石三鳥以上の成果を必ずもたらすはずだ」

クレベンは頷《うなず》きながら言った。

「この計画を考えた大統領に敬意を表します。望月に与えられる取材許可地の住人については、どんな質問をされても受け答えに問題ないように事前に確認しておきます。今や大統領を称賛しない国民はこの国にいないわけで、問題は全くありません。ご安心ください」

クレベンと大統領は笑いながら頷き合った。

4．取材初日

望月の度重なる懇請にようやく就業先の速報出版社の上層部も折れ、ムーア国への訪問を許可してくれた。ただし望月の身に何か重大事変が発生しても速報出版社は一切関せずという誓約書に署名させられた。

もう一つ望月が驚いたのは、ムーア国を取材するための入国ビザの発行が簡単に認可されたことだった。それに加え、ムーア国政府の指定する場所において、望月の質問にムーア国側担当者が応対回答するとの至れり尽くせりの提案が加えられていた。

望月は気味が悪かった。そこで、望月と同様にムーア国を訪問し取材した報道員の多くのレポートを確認してみると、いずれの報道員もムーア国の手厚い対応ともてなしを受けたと記載されていた。望月は少し安心した。そしてムーア国への訪問を決めた。

望月は西アジア方面の取材には、決まって通訳兼案内人にペギを、そして運転手としてペギの亭主カブレを雇っている。二人とも望月に帯同するのは久しぶりである。望月が四年前に勃発したアーラン、ムーア両国の戦争時に報道員をしていた時も、二人に同伴を依頼していた。

ペギはアーラン国の出身ではない。西アジアの別の国の生まれで、大学で英語と日本語を学んだ後、日系の商社に勤務した。そのため日本語は堪能である。

望月が彼女に感心しているのは、彼女が同伴者の食事に気を遣ってくれることである。体の具合が悪くなれば仕事ができないばかりか、下手をすると命を落とすことにもなりかねない。彼女はそれを十分にわきまえている。

彼女の夫のカブレは筋骨隆々の青年である。ムーア国のような貧困層が多い国では、外国人への犯罪をはたらく者が多い。彼はそんな輩《やから》にいつも目を配っているし、彼の体型を見た彼らは寄って来ない。ボディーガードとしてうってつけである。

現在アーラン、ムーア両国は休戦状態にあるため、望月は以前のような激戦地の取材はないことを祈りながら、上着に防弾チョッキ、そして頭にヘルメットだけの軽装を選択した。カメラを抱えての炎天下取材は非常にこたえるので、前回と比較して今回はこれだけでも嬉《うれ》しかった。

ペギは普段から通訳または案内役をしており、ムーア国には望月以外のお客とも訪問している。望月は事前にメールでペギにムーア国が許した訪問場所情報を連絡しており、その情報を基にペギが効率的な取材順序を決めてくれている。

移動車中で、望月はペギに最近ムーア国民が盛んに大統領を称賛していることと、自国民の貧困の窮状を海外に喧伝《けんでん》していることを話し、彼女の意見を聞いてみた。

ペギは笑いながら、

「望月さんは、やはりそのことが気になって今回取材に来たわけね。サガンは過去に望月さんがやったことを真似しているだけ。サガンはおそらくあなたがあの時行った報道に怒り心頭に発したと思う。ところがサガンはものすごく賢い。その後しばらくして彼はマスコミに対する報道の威力を理解した。だからそれを自分の都合のいい方へ利用しようとしている。

サガンの心の奥底には一種の恐怖心があるの。その恐怖心は、ムーア国が世界の誰もが認める正当な国ではないことなのね。ムーア国はサガンの反乱で建国された。つまり反乱、革命、戦争、そういった原因で建国された国は、逆にそれらの手段で国を奪われても世界の誰も文句は言わない。そのため彼は、自分自身を守るためにムーア国を強くしようとしている。

具体的には、軍を強くし他国からの侵入を防ぐための軍費の獲得、国民の反乱防止のために国民への福利厚生を充実させる、国内の貧困を世界に訴え世界から投資の獲得を図る。このような見方をすれば、今サガンが画策していることが理解できるはずです」

望月は頷きながらペギに言った。

「なるほどね。ペギ、君はよく見ている。きっとそのとおりだと僕も思う」

ペギは続けて言った。

「サガンが実際に施政したことを列挙すると、第一にムーア国に設備援助をした国に対してはその額に見合う量の原油を無償提供する。なぜならムーア国には高度な設備を製造するための技術がないから。第二にムーア国民の貧困、窮状を海外から特派員を招き入れて全世界に喧伝し、ムーア国に対する援助国を増やす。第三にごく最近判明したことですが、ムーア国は武器の委託生産も行っているようです。武器の委託生産は、サガンが将来自国内で武器を自主開発生産したいためと考えられています」

「ペギ、ムーア国民が貧困なのは事実だろう？」

望月が質問した。

彼女は頷いて答えた。

「確かにムーア国民は実際困窮しています。ですが、これもサガンの戦略と隣国は考えています。つまり、貧困国には道義的になかなか侵攻しづらい。隣国はサガンのこの戦略にひっかかって、安易に援助することがないようにこぞって全世界に発信しています。これもマスコミに対する報道戦略です。本当に国民の貧困を救済したいのであれば、軍事費を削減してその金額を国民に振り向ければ問題は解決するのです。つまり国民の窮状もサガンが画策したものです」

ペギは続けた。

「望月さん、今回訪問が許可されている何か所かは海外から援助され建設された設備です。そしてそこに勤めている管理者、従業員はすべて政府の指導を受けています。彼らの話を決して安易に信用してはいけません。世界で〝良い領主〟とサガンが喧伝されているのは虚構です。サガンは今も望月さんが思っている彼と何ら変わりがありません」

望月はペギの話を聞いて、今回の取材はこれだけで十分報道が可能だと判断した。望月とペギとは長くてつらい時を一緒に乗り越えてきた付き合いがあり、望月には彼女を疑う理由は全くなかった。

だとすれば果たして、これからムーア国指定の虚構の場所を訪問する意義はあるのか？望月は自問自答した。おそらくサガンは望月にこれほど優秀な助手がいることがわかっていないのだろう。それなら逆に、サガンが望月に仕掛けた優遇処置に乗ったふりをしてみるのも一興だと思った。望月にしても、情報に金が絡み歪《ゆが》んだ報道がなされるのを根絶することはできないと思っている。

そして彼は心の中で自分に誓った。

「自分は決して物欲に流されることなく、これからも客観的情報を報道する」

今日の訪問先は灌漑《かんがい》設備だけであった。ペギの話では、海外からの援助設備とのことである。

三人が乗った車は順調に灌漑設備の建設予定地に向かっている。建設予定地はムーア国南部に位置し、首都から車で二時間ほどを要する。道路の両側は砂漠で、快晴の空には大きな太陽が輝いている。砂漠地帯のところどころには原油処理工場だけが立ち並んでいて、高い煙突の頂上からガスの炎が見える。道路沿いには全く人家はない。

しばらくすると集落が見えてきた。ペギの話では、ここはオアシスで水量が多いので、農業、牧畜をする人も少しはいるようである。住民は皆痩せこけていて裸足である。彼らはスピードを落とした我々をただ一瞥《いちべつ》するだけだった。西アジアでは普通の光景である。

そして間もなくして灌漑設備予定地に着いた。周りを高い塀で囲み、その頂上には鉄条網が張られている。入り口の門には一人の守衛が銃を携えて立っている。ペギが入り口の守衛に望月から預かった許可書を見せると、すぐにゲートが開いた。

車で中に進むと、この灌漑設備用の敷地が非常に広いことが判《わか》る。反対側の塀は非常に遠くに歪んで見える。すでに何棟かの建物が建っていて、案内されたのはその棟の一つであった。

撮影は許可されているので、望月は通された応接室の窓から写真を撮っていた。そうこうしているうちに、ここの責任者と思しき者が入ってきた。彼はムーア国の衛生局担当主任だった。彼が語った説明では、この灌漑設備は太陽熱を使って海水を真水に変え、それを貯蔵タンクに溜《た》めた後、その水を定期的に給水車でこの近辺の住民に給水しているらしい。当面はその水を飲料水として使用し、農業用として利用するのは設備の増設を行った後になり、もう少し時間がかかる。設計、建設費とも海外から援助されている。それに加え建設技術者、操作指導者も派遣されている。最終完成まで十年を見越しており、建設作業者のみムーア国民が充てられているという。

主任の説明が終わったので、望月はペギの通訳で質問した。

「こういった国民のための福利厚生設備が、このような田舎に建設されることをどう思いますか？」

望月の質問はこれだけだった。

「この灌漑設備は海外からの援助で造られています。サガン大統領の肝いりの施政の一つで、彼が諸外国に頼み込んで実現したわけです。サガン大統領としては、田舎に住む国民も等しく大事に思っているその情熱が成しえた結果と言っていいと思います。この設備により、我々国民が今まで苦労してきた健康と食料等が起因する多くの問題が解決されることになります。国民は皆、サガン大統領の施政に感謝しています」

誰が取材しようと衛生局担当主任は、サガン大統領が国民にとって素晴らしい元首であると答えるであろうと望月は思った。

灌漑設備の取材が終わった後、付近の街に行ってみた。今は灌漑設備の工事作業員が多く来ているらしく、雑踏していた。相変わらず衛生面がひどく、唯一流れる川には多くの汚物が浮いている。市場に並べられる肉、野菜にはハエがたかり、望月も思わず顔をそむけた。だが、このような劣悪な環境も灌漑設備で徐々に改善されることになると望月は思った。

望月は住民数人に「あなたはサガン大統領の施政をどう思いますか？」と質問した。

質問された住民は口々に言った。

毎年多くの住民が死ぬ。その原因は第一に蚊を媒介する伝染病である。次が悪い衛生状態による食中毒、最後に貧困が招く栄養不足による餓死が多い。この問題にサガン大統領は、外国からの援助による伝染病薬と予防ワクチン薬の生産工場を造り、ワクチンの生産も開始された。そのうえ住民には無料接種が始まっている。

接種が始まってからは、死亡原因一位の蚊が原因による伝染病患者が減っている。それに加え灌漑設備の建設も始まり、完成後はきれいな飲料水も供給される。それにより食品の衛生状態がよくなり、死亡原因二位の食中毒による死亡も減るはずだ。最後に農業用水の灌漑設備が完成すれば農業と畜産の収穫量も増えることで食品の価格が安くなり、我々が建設作業者として働くことにより賃金も稼げるわけで、死亡原因三位の貧困による餓死も減るはずだ。将来は裸の生活から解放された豊かな生活が実現される。我々はアーラン国で実現できなかった生活を獲得できる。

サガン大統領は、我々にこうしたことの実現を約束してくれている。だから、我々国民の誰一人としてサガン大統領の政策に悪口を言う者などいない。本当に素晴らしい大統領だ。

そんな答えばかりである。

望月は宿泊先のホテルに戻って、ペギ、カブレと夕食を共にした。食事が終わり自分の部屋に戻った彼は、ベッドに仰向けになりながら今日の取材を振り返ってみた。

「サガンはしっかり国民を手なずけている。だから、多くの取材者が彼の罠《わな》にひっかかり、口々に全国民が大統領を褒めていると報道する。自分もペギの話を聞いていなければ、もしかしたら同じ罠に落ちていたかもしれない。

だが何か妙だ。ペギが言っていたサガンの画策はそのとおりだと思うが、国民の生活、福利厚生が改善されることも事実なのだ。であれば、多くの取材者が報道している内容は真実であるともいえる。あの独裁者のサガンがあの戦いで行った行為を、以前はアーラン国の国民であった皆は忘れたのだろうか？」

旅の疲れと時差のせいで、望月はそんなことを考えているうちに眠りに落ちていった。

5．取材二日目

　今日はアーラン国国境の北方最前線と、南方に位置する輸出港の取材に行く予定であった。

　最前線に向かう途中に首都がある。そこには大統領府があるので立ち寄ることにした。大統領府はほぼ首都の中心部にある。そこの警備は非常に厳重である。多数の重機関銃、戦闘車両もそこかしこに配置されている。ここは撮影禁止地域である。ここが大統領府であることを誇示するように、府庁前面の壁にサガン大統領の肖像画が誰にでも見えるように高々と掛けられている。

　国境線まではまだかなり距離があり、現在互いに小康状態であるため張り詰めた雰囲気は微塵も感じられない。通行する市民は明るく歓談し、身なりもそれなりにきちんとしている。誰が見てものどかな南国の一都市である。

　望月の容姿、顔立ち、そして服装は明らかにここでは異なって浮いている。しかし望月たちと行き交う市民は笑顔で歓待しているようである。時に何かを言いながら寄って来て握手を求める者もいる。

　そんな時は望月も話を返したいのだが、彼はムーア国公用語を知らないので、笑顔で手を伸ばして握手を返すだけである。本当にムーア国民は友好的だと望月は思いながら、対極のずる賢く好戦的なサガンとはどうしても同じ民族だとは思えなかった。

彼はこの友好的な性格がサガンの操作で作り上げられたものだとはどうしても思えなかった。望月は昨日聞いたペギの忠告から、今回取材の時はなるべく多くの国民と面談しようと思っている。そうすればサガンの術中にまだかからない国民からムーア国の真実に到達できるかもしれないと思っている。だが残念ながらここまではそんな取材相手は出てこない。望月はますます自分の確信を確実にしたいと思った。

彼は急に思い立って市内の警察署へ行きたいと言った。この国の治安事情を取材することで、きっとこの国の国民性を客観的に知ることができると思ったからだ。

だが、ペギは無理だと言った。警察署への取材の許可は下りていなかった。そこを何とか強引に頼み込んでほしいと望月は言った。

ペギは受付で別の許可書を見せて交渉した結果、しばらくすると壮年の男性が現れて二人を署長室に案内した。案内の途中、望月は見ていないふりをしながら事務所内のすみずみに目を配ってみた。事務所にはほとんど人がいなかった。望月は署長室で自分とペギを署長に紹介しながら、署長に無許可訪問の件を詫《わ》びた。

署長は手を横に振りながら、望月の訪問を政府要人に話したところすぐに許可が下りた、そのことで彼は望月がきっと彼の国の要人と解釈したと言った。さらに加えて、取材された質問には知っている限り回答する許可も得ていると告げた。通訳はもちろんペギが行っている。早速望月は質問した。

「この国の治安はどうですか？」

「ムーア国になって、治安は大変良くなったと思う。ここ一年は暴動、殺人、そして警察沙汰となるような喧嘩《けんか》もない。我々も本当に穏やかな日々を過ごしています」と笑いながら署長は答えた。

「良くなった理由はどこにあると思いますか？」

「理由は、大統領が施政として導入した軍隊システムが大きく関連しているのです」

「軍隊システムとは？　詳しく教えていただけますか？」

「今、ムーア国では男女とも十五歳から四十歳まで軍隊に入隊することができます。軍人としての魅力は一般人の数倍の高賃金が手に入ることであり、サガン大統領の施政でそのように変更されました。この国では賃金収入が得られる別の産業は、原油、農業、牧畜、そして商業等がありますが、どれも軍隊収入には及びません。

以前、アーラン国でも従軍者には賃金が支払われていましたが、その賃金はとても少なかった。そのうえ強制徴兵でした。ここでは主要産業は原油しかないと言ってもいい。原油輸出は装置産業なので、設備ができてしまえば従業員人数の枠は小さい。よって国民が皆喜んで軍人を志望することはお判りいただけますね。

ただし、軍人になるためには与えられた資格をクリアしていなければなりません。ただ、資格といっても特段難しい要求ではありません。品行方正ならば誰でもクリアできるのです。それは警察沙汰の喧嘩、暴動および殺人を犯していないことが採用の絶対条件です。

　戦争に行くのは十八歳以上です。女性志願者は指定した職を務めることになります。それは従軍看護師、後方支援軍務などが該当します。このシステムによって、子供たちは両親、兄弟そして友人から、暴動、殺人そして警察沙汰の喧嘩をしないように監視されていますし、子供自身も軍隊に入隊することが一番の家族孝行といずれは考えるようになるのです。つまり暴動、殺人そして警察沙汰の喧嘩も少なくなったのは、この軍隊採用システムによるわけです。この結果、国民が豊かになり、国内の治安も良くなり、そして自発的に軍隊に入隊してもらうことで国防も完璧になるのです。

　サガン大統領は施政演説で、国を守るのは国民の義務であり、その義務を遂行するために軍隊採用システムが一石三鳥以上の手助けをするのだと強調していました。望月様はここに来る途中、事務所をご覧になったと思います。あなたの母国・日本より警察官の数は少ないでしょう？　治安が良くなった結果、警察官も必要なくなったからです」

「軍人用の給与の原資はなんですか？　軍人数が増えすぎると、その原資が枯渇する可能性はないのですか？」

「軍人の賃金は原油の売却益で賄われています。原資に関してはまだまだ余裕があると言われています」

望月はさらに続けて言った。

「仮に暴動、殺人、そして警察沙汰の喧嘩を犯した者はどうなるのですか？」

「建設中の灌漑設備、ワクチン工場等の建設労働者として働くことになります。労働はできるが賃金は安い」

署長はさらに続けた。

「四十歳で除隊すると、その後は国からの支給は一切受けられなくなります。その後は罪を犯した者と同じ労働者として活路を見出すこともちろんできますが、もし除隊した人に子供がたくさんいれば事情が変わります。それはどういうことかといえば、子供の人数に応じた賃金が支給されるのです。だからどの家庭でも子供をたくさん産んで、十五歳以上の志願年齢に達した子供を早く持とうとします。つまり、子供が多ければ多いほど家庭は潤うことになるのです。子供は国の宝であり、家の宝でもあります。

繰り返しますが、この国の治安がいいのは暴動、殺人、そして警察沙汰の喧嘩を犯すことが損だと国民が理解したからであり、大統領の思いが実現されたわけです。私も昨年除隊しましたが、軍役中は厳しい訓練と戒律を守ってきました。そのお陰で大統領のお目にとまり、警察署長の職を賜りました。この仕事は軍役の賃金よりは安いですが、建設労働者の賃金をしのいでいます。

望月様、国民の豊かさを作る軍事システムでは、国民の皆が努力すれば誰もが平等に賃金を得ることができるのです。多くの国民はこのシステムを施策として導入したサガン大統領に感謝しているのです」

　望月は話題を変えて質問した。

「これとは別に、サガン大統領の行っている施策があれば教えてください」

　署長はその質問を待っていたかのように答えた。

「国民の健康に重点を置いた施策があります。我々国民の義務として、年二回のワクチンと予防接種を受けなければならないことになっています。この接種が我々を熱帯特有の蚊媒介の伝染病から救ってくれるのです。今はこの伝染病が原因で死亡する人数は確実に減っています。しかも国民の費用負担はありません。大統領の国民を愛する気持ちが伝わる施策です」

　望月は最後の質問を持ち出した。

「そこまで慈悲深いサガン大統領が、なぜ隣国ともっと友好的な関係を築こうとしないのでしょうか？」

「それは無理です。すべての隣国はこの地域に古くからある王国です。それに対してムーア国は新興国であり、隣国の王国のひとつのアーラン国は、サガン大統領の反乱で北方に追いやられたわけです。そのため隣国は王国同士の結束を固め、アーラン国は虎視眈々《こしたんたん》とムーア国の奪還を狙っています。そのためサガン大統領は隣国の動向を注視して、決して隣国に心を開いてはいません。

サガン大統領は、アーラン国王の同国民に対する暴挙の数々を許すことができずに反乱を起こしたわけです。サガン大統領が旧アーラン国民、すなわち現ムーア国民の福利厚生を施政の中心に置いているのは、おそらく心に贖罪《しょくざい》の気持ちもあるのでしょう。もちろんサガン大統領も、隣国のアーラン国の復讐《ふくしゅう》を恐れています。大統領の施策の軍事システム、死亡率減少対策も、その根底には隣国からの侵入を考えての思いがある総合的な施策なのです」

望月は署長に感謝して警察署を出た。署長は笑いながらいつでも取材に来てくれと言ってくれた。

「ムーア国の軍事システムとは、結局は自国民の反乱、革命を防止するためのマインドコントロールにほかならない。それを国民の貧困救済策として宣伝し、国民全体を納得させている大統領サガンの政治手腕は大したものだ。決して彼のしたたかさが露見しないようにしてある」

と望月は独り言を言った。

望月は次にアーラン国との国境に向かった。国境はムーア国の最北端に位置する。サガンのことだ、いつかは隣国へ攻め入るつもりだろう。望月はそう思っている。それならばここにも何か隠されたたくらみがあるはずだ。

国境は平坦《へいたん》な砂漠地帯にあり、国境線は五メートルほどの高さに張られた鉄条網で仕切られている。建設はムーア国が行った。国境線は総延長二十キロメートルに及び、五〇〇メートル置きに監視所としてトーチカが設置されている。それに向かい合うように、アーラン国もトーチカ様の監視所を設けている。ただ不思議なことに、鉄条網のどこにも出口がなかった。監視所は昼夜監視体制にあるようだ。

望月たちは司令官の監視所トーチカに案内された。出されたコーヒーはとっても苦かった。ここの司令官が対応してくれるようで、司令官は望月たちを歓迎するように笑みを浮かべて迎えてくれた。望月は早速質問をした。

「ここはアーラン、ムーア両国の最前線で、今は臨戦状態にあると伺っていたのですが、どの程度の頻度で小競り合いはあるのですか？」

司令官は相変わらず笑みを浮かべながら答えた。

「小競り合い？　うーん、時々アーラン国が当方に向かって発砲をしてくる。でも当方の兵隊を狙って撃ってくるわけではない。おそらく新兵の発砲訓練でやっていると思われる」

望月は次の質問をした。

「ここは夜になると真っ暗になると思いますが、その時を利用して、敵が鉄条網を破って攻めてくることはないのですか？」

「闇夜を利用して敵が攻撃をすることはできますが、実際にそのような攻撃をされたことはありません。望月さん、国境線を守備しているのは、敵もこちらも兵隊です。一番強力な武器としては重機関銃です。闇夜といっても探照灯は持っているわけで、見つかってしまえば重機関銃の餌食です。国境線近傍は平らな砂漠で、身を隠す場所が全くないのです。そのような目的で国境線は作られています。お互いに侵攻するためには、事前に戦車とか、迫撃砲などの強力な武器を揃えて一挙に攻め込むことが必要です。でもそのような武器を国境線に揃えると、すぐに相手にばれてしまいます」

司令官は続けて、

「サガン大統領は、敵が国境線を破って攻め込んでこない限りは応戦を禁じています。ここには精鋭部隊が配置されているので、敵が攻め込んできても我々は絶対に負けない自負があります。祖国の友のためにも大統領のためにもね。ここの皆は私と同じように思っています。おそらく我々の余裕はこの自信から来ているのです」

トーチカ内部の壁にはサガン大統領の肖像画が掛かっている。司令官は話を終えると、その肖像画を熱い眼差しで見ていた。

望月は核心の質問をすることにした。

「こちら側から隣国に攻め込む計画はあるのですか?」

「大統領がどう考えているかは分からないです。ただし私の考えでは、こちら側の軍事力は隣国を攻めるにはまだまだ不足しています。攻める側は少なくとも守備側の三倍の軍事力が必要とされます。大統領もそのことは理解しています。彼はもともとアーラン国の元帥でした。彼は今、この国が隣国のどこにも引けを取らないようになるための多くの施策を優先しています。おそらく隣国に攻め込むことなどは考えていないはずです」

最後の質問として、

「あなたは大統領をどう思っていますか？」

「私はもちろん崇拝しています。以前の国王時代にはなかったような力強い政策で、本国民は本当に豊かになった」

取材を終えた今の時点で望月は思った。

サガン側で選んで望月の取材対応をさせている者は、サガンの熱狂的な信奉者を指名しているのであろう。指名された者の話を一度でも信じてしまえば、アーラン国の一部を奪い取り、好戦的で残忍、そして残虐なサガンの実像を二度と世間に引っ張り出すことが不可能になってしまうだろう。

望月はムーア国の国民がサガンのことを称賛すればするほど、彼の醜い実像がよみがえってくる。今のサガンは自分の実像をキャビネットの奥にしまい込んで、静かにムーア国が強国になるための階段を一歩一歩上っている。そして彼がその頂点に立った時、キャビネットの奥からしまってあった彼の実像を呼び出し、かつてアーラン国にしたように、隣国に侵攻することになるだろう。

望月には悩みがあった。彼の思いを報道するための客観的な証拠の写真、映像が全くないのだ。このままではおそらく、ムーア国をどのように報道するのかが悩みの種になるだろうという悩みである。

サガンの施策が、こうも容易に自国民に歓迎されるのはなぜなのか？　そのことは、国民が明らかに豊かになったことの帰結として考えていいものだろうか？　望月の悩みは増すばかりであった。

午後は南部にある港の取材に行くことになっていた。彼はこの港にアーラン国時代に来たことがある。ムーア国になってからは港の規模はおそらく数十倍になっていると思う。

ムーア国は原油国連合には入っていない。よって自国の思うような価格と輸出量を決定できる。このことも隣国の王国から睨《にら》まれる所以《ゆえん》である。コンテナヤード、原油パイプライン、そして大型クレーン等の設備が所狭しと配置されている。そしてそれに群がるように接岸している援助国商船とタンカー。湾内にも順番待ちのそれらの船が停泊している。ここでも海外援助のインフラ整備が実を結んでいる。

取材に応対した担当者からは、望月が予想していた大統領への称賛と美辞麗句をさんざん聞かされた。

取材が終わり、望月が港の撮影をしていた時、ペギが寄ってきて望月に話しかけた。

「以前ここに来た時は、浮浪者や子供たちに物乞いされて大変でした。でも今回はここのどこに行っても物乞いをする者は一人もいませんでした。一部の子供たちは今では学校にも行けるようになっています。アーラン国時代では考えられなかったことです。その意味では、サガン大統領の政治手腕を称賛してもいいのではないかと思います。四年でここまで持ってきたのだから。望月さんは、まだあのことにこだわりを持っているの？」

「もちろんだよ、ペギ。自分の子供の見ている前で両親の頭を撃ち抜く。雁字《がんじ》搦《がら》めに縛られた人間をガソリンで火あぶりにする。そうした残虐な行為は枚挙にいとまがなかった。俺は撮影のため、それらの光景から目をそむけることができなかったんだ」

ペギは続けて言った。

「望月さん、でもそのような蛮行は多かれ少なかれ、戦争当事国では見られたことでしょう？」

「確かにペギの言うとおりなのだが、あの時はあの蛮行をサガン自身が部下に指示してやらせ、その時彼はうっすら笑みを浮かべていた。俺はあの時のサガンの顔を忘れることができないのだ」

ペギは望月がかなり興奮していることがわかったので、それ以上話は進めなかった。

ペギが話をやめたので、望月も話をやめた。

今日の取材予定が全部終わったので。望月たちはホテルに戻った。

6. 取材最終日

最終日の取材は海外援助で建設された、ワクチン、抗生物質製造工場が当てられていた。ワクチン工場ではすでに生産は順調に行われていて、国民への無償接種もかなり進んでいるとペギから聞かされていた。ワクチン工場は大統領府のすぐ近くにあり、工場の周囲は高いコンクリートで囲われていた。入り口の衛兵のところで許可書を見せると、すぐに事務所に案内された。しばらくすると管理者の健康相が現れた。彼がここの取材相手だった。

望月は自分と通訳のペギを紹介して、すぐに聞き込みを始めた。

「この工場は外国の援助で出来上がったと聞いています。間違いないですか？　それと援助の範囲を教えてください」

「援助を受けたことは間違いありません。援助内容は工場建屋、製造設備、そして生産技術者の派遣です」

「ワクチン工場の建設を要望したのは誰ですか？」

「もちろんサガン大統領です。蚊を媒介とする伝染病で、多くの国民の尊い生命が失われてきました。国民が国の宝と考える大統領たっての要望が、諸外国の設備投資として実を結んだわけです」

「ワクチンそのものはどちらの国製なのですか？」

「それは秘匿事項です」

「ワクチン接種の効果はいかがですか？」

「国民は一年に二回ワクチン接種を受けます。接種は無料です。そのため国民全員がワクチン接種を希望します。接種が行われるようになって、死亡率は十パーセント以下になりました」

「ワクチンによる後遺症はありますか？」

「後遺症はごく僅かです。現在生産されているこのワクチンは、すでに国外で実績のあるものが選ばれています。そのため生産方法、原料等がそのまま踏襲されています。つまり援助国で生産されているものと同一です」

望月はこれ以上の質問はしても意味がないと思った。ワクチン工場は外国からの設備援助であり、サガンの企みなど入る余地はないと思ったからであった。

健康相との面談が終わり、続いて製造工場内を案内された。案内は工場長が行ってくれた。望月は過去に製薬工場など一度も見たことがなかった。埃《ほこり》を嫌うため、全作業員が無塵衣を着用してこまめに動いている。

工場の説明では、現在三種類の薬品生産を二シフトで生産しており、総勢九十名の作業員と十二名の管理者が在籍している。製造設備はほぼ全自動で、材料供給、製品検査と梱《こん》包《ぽう》等は作業者が手動で行っている。ここで出来上がったワクチンは、出来映え検査でも援助国並みと評価されている。

望月がお礼を言って帰ろうとしたその時、工場長が望月に話しかけてきた。

「あなたは日本人ですね。もしそうならば少しお時間を頂けませんか？　あなたにお話ししたいことがあるのです」

「そうです、私は日本人で望月といいます。知っていることなら何でもお聞かせください」

「では私の部屋で話しましょう」

そう言われて工場長の後をペギと一緒についていった。

部屋に入ると工場長は望月とペギに向かいの席を勧めて、話を始めた。

「かなり前の話になりますが、日本人でコンノという人がここで働いていました。彼は数年かけて、このワクチン工場で生産するワクチンの設計、生産技術と検査体制等の構築をした方です。ご存じないですか？」

「コンノですか？」と望月はしばらく考えてから、

「申し訳ないですが、私は存じ上げません。それに、私が以前この地に取材に来たときは、アーラン国の時代でした。その当時はまだこのような立派なワクチン工場などありませんでしたから」と答えた。

工場長はすまなそうに答えた。

「申し訳ありません。それでは知らないのも当然ですね。この工場は大統領が就任した後しばらくして大統領が発案したのです。その時にコンノと呼ばれる日本人が招聘《しょうへい》されたのです」

望月は不思議そうな顔をして質問した。

「そのコンノさんがどうしたのですか？」

工場長が答えた。

「彼は工場が順調になった時に帰国しました。それは突然でした。私たち従業員は彼にお礼を言うこともできなかった。健康相からも聞いたと思いますが、コンノはこのワクチン工場に多大な功績を残しました。その功績に対して大統領から勲一等の評価がされました」

望月は埒《らち》の明かない工場長の話に少しイラつきながら、それでも顔は平静を保って言った。

「そうですか。このワクチン工場の立ち上げに日本人が関わっていたのですか。それで、その日本人に何かあったのですか？」

工場長は続けた。

「あなたが日本人であると聞いて、是非お願いしたいことがあるのです」

そう言いながら、工場長は派手な色彩の包装紙にくるまれた箱状の物を望月に差し出した。

「この包みの中には、アルバムが一冊入っています。コンノと我々がここで一緒に工場を立ち上げた時の写真がいっぱい貼りつけてあります。ご面倒をおかけしますが、望月様が帰国時にこのアルバムも一緒にお持ち帰りいただき、コンノに渡してほしいのです」

　望月はようやく工場長の言いたいことがわかったが、困って、

「工場長のお願いはわかりましたが、私はそのコンノという人物を知りません。果たしてあなたのご希望を叶《かな》えられるかどうか自信がありません」

　工場長はさらに執拗《しつよう》に、

「コンノはこのワクチン工場をほぼ一人で立ち上げた人物です。これだけの偉業を成し遂げられる人物は、きっと世界的に見てもそんなに多くはいないでしょう。きっと日本でも著名な方だと思います。我々の願いを是非叶えてください」

　工場長は何度も頭を下げて頼み込んでくる。望月は心のなかでは受け取りたくないと思った。

　この攻防がしばらく続いた後、望月は条件付きで工場長の要請を受けることにした。

　望月の付けた条件は、

「工場長、お預かりするアルバムは確実に渡せるとは今の時点では言い切れませんが、それでも良かったらお預かりします。ところでコンノというのは間違いなく日本人ですか？

漢字ではどのように書くのでしょうか？」

工場長はすまなそうに言った。

「コンノという発音しか判りません。サガン大統領の就任直後に、この工場のために招聘派遣されたと聞いています。それ以降、我々はコンノの指示の下に一緒にこのワクチン工場を立ち上げてきたのです。彼の年齢は三十代で、おそらく化学者でしょう。化学薬品には本当に精通していましたから。

それから、彼には女性の通訳が付き添っていました。彼女の話ではコンノは日本人だと間違いなく言っていました」

ついに工場長の話が終わった。望月はしばらく無言で座っていた。

何も得るものはなかった。代わりにお荷物を背負わされた。彼は受け取った包みを見ながら、コンノという人物をどうやって探せばいいか思いを巡らしていた。

望月は工場長に彼の連絡先をペギに教えてほしいと頼んだ。工場長は喜んで自分の連絡先をペギに伝えた。望月は工場長にお礼を言ってワクチン工場を後にした。

望月は、ムーア国に自分以外の日本人が来ていたことに改めて驚いていた。そして遠い日本からこんなところまで来ていたコンノという人物に、親近感と興味が湧いてくるのだった。

7. コンノ

帰国後、望月は取材記事を次のようにまとめた。決して書いた本人が満足している記事ではない。しかし取材した事実から書ける精一杯の内容である。

『ムーア国はサガン大統領の施政下に国民も一丸となって、発展途上国からの脱却を目指している。手始めに衛生的な生活環境の実現、若年層の死亡率減少、そして貧困者数の減少へ向けて邁進《まいしん》している。将来が楽しみな国である』

望月がこだわっていたサガン大統領の二面性の件には、一切触れることができなかった。彼が勤める速報出版社からも期待ハズレの報道と叱責された。このようなことで、望月は当面ムーア国への取材に行くことは諦めざるをえないと思った。

それとは別に、今回新たに仕入れたコンノの件は、もしかしたら大スクープになる可能性があると思っている。工場長に頼まれた時には、正直面倒くさいと思ったが、彼がワクチン工場の建設のためにサガンの招聘を受けていることが非常に気にかかっている。そんな話は日本では聞いたことがない。しかも彼はすでにワクチン工場にはいない。そう思い始めると居ても立ってもいられない望月は、コンノの件の調査を始めることにした。

彼はコンノの消息を探すため、捜索方法を列挙しながら絞り込むことにした。

最初の説は、ムーア国が望んでいた国際援助にかかる人員派遣説である。望月は政府機関に問い合わせてみた、その答えは「ムーア国は日本と国交がなく、そのうえ危険地帯に認定されているために、海外青年協力隊等の派遣はありえない」との回答であった。

国からの派遣が否定的であるので、企業、商社からの派遣ももちろん否定される。望月もムーア国入国に際しては、取材目的用ビザを用意して隣国側から入国訪問した。よって日本国側からムーア国への派遣入国説は無理と判断された。

次は、ワクチン工場の建設を援助した国から派遣された説が有力と考えられた。つまりコンノは海外の製薬会社に籍を置く技術員で、ワクチン工場の建築援助に付随してムーア国に入国した説である。

この説の可能性を検討するために、望月はペギにムーア国にワクチン工場の建設援助をした国を調べてもらった。調査の結果、驚くべき事実が見つかった。

多くの国が原油の見返りにムーア国に援助をしている。その援助のうち、灌漑設備だけが唯一の設備援助であり、それ以外はすべて援助金のみで援助が行われている。今回のムーア国の取材では、ワクチン製造工場も設備援助と健康相は言っていた。灌漑設備はまだ着工したばかりなのに、ワクチン製造工場はかなり前に出来上がり、すでに稼働も始まっている。また健康相が言っていたが、ワクチン製造工場の援助国は秘匿と言っていた。

これらのことを総合して考えると、ワクチン製造工場はムーア国が他国から援助された援助金を使って自力で建設したと考えると矛盾がない。そしてその建設にはコンノという謎の日本人が大きく関与していることになる。そうでなければ、あのような完璧なワクチン工場を建てる力はまだムーア国にはないはずだ。

結局、残る疑問は二つに絞られる。一つ目はコンノという人物である。彼は日本人である。そしてコンノとはサガンがワクチン工場建設のために招聘したと工場長が言っていた。一体誰なのか？　二つ目はサガンがなぜワクチン工場の建設を建設援助でなく、自力で、しかも急いで建造したのか？　という疑問である。

望月は調べるにつれて、この二つの疑問に魅入られ始めている自分に気づいた。おそらくそれは、二つの疑問には共にサガンが関与しているからである。彼の不思議な行動を解き明かすという謎解きが彼の心を揺るがしている。

望月は一つ目の疑問をさらに掘り下げて考えてみることにした。

西アジアのサガン、そして日本人のコンノ。互いに遠く離れた地域に住み、言語も異なり、おそらく年齢も異なる二人がどのように接点を持ち、出会い、親密になったのか？

望月は繰り返し仮説を立てながら考えてみた。そしてその帰結は、コンノには西アジアに友人がいて、その友人がサガンと親密な関係があり、その友人を介してコンノはサガンに招聘されてムーア国に入国した。そしてムーア国のワクチン生産工場が軌道に乗ったので、現在は日本に帰国している。望月は二、三度「コンノは日本にいる……」と繰り返した。

望月はペギに依頼して、ワクチン工場で工場長とコンノが一緒に働いた年月日を教えてもらった。コンノがムーア国にいた年月日情報と、工場長から預かったコンノの写真を使って、彼を捜索人として新聞に掲載することにした。

望月は謎の解明が順調に進むと感じた。

その理由の一つ目はペギ、工場長そして自分との連絡網がある。二つ目はあれほど持ち帰りを拒んだコンノのアルバムである。三つ目は望月が出版社に在籍していて各社の捜索人情報が容易に入手できる。それらがうまくかみ合わさることで真実が見え、望月は、きっとコンノの真相は判明すると思った。


捜索人掲載から一か月が経とうとしていたある日、ある交番から捜索人に関する情報連絡が望月に届いた。捜索人は「紺野郁夫」。ヤマツ薬品開発部に勤めていた人物ではないかとの話であった。彼は四年以上前に勤め先の会社から失踪届が出ていた。彼の失踪時期とムーア国に現れた時期が非常に近かった。望月は急ぎ預かっているアルバムを持ってヤマツ薬品開発部へ訪問することにした。

前もって電話で訪問の理由を簡単に説明していたので段取りはスムーズに運んだ。訪れた望月を迎えてくれたのは、かつて紺野郁夫の上司だった金子茂雄課長と、元婚約者だったという村瀬かずみの二人であった。

望月は自己紹介を終えると、さっそく持参したアルバムを二人に見てもらった。それを見た二人は、驚いて目を丸くしているようであった。望月は対応者の二人が十分アルバムの写真を見たことを確認して、二人に問いかけた。

「紺野郁夫さんで間違いないでしょうか?」

対応者の一人、村瀬かずみは、

「不鮮明の部分はありますが、彼に間違いありません。ああ失礼、間違いなく紺野郁夫です」

彼女の答えに金子も首を縦に振った。

二人から確認が取れたところで、望月がさらに質問した。

「ところで、彼が今どちらにおられるかご存じですか?」

その質問に対して、金子が少し怒りを含ませて答えた。

「僕も村瀬君も彼の所在は知りませんし、いまさら知りたいとも思いません。彼はあの日当社から消息を絶ち、それからは一切音沙汰がありません。彼はね、あの時、この村瀬君とは婚約していたんですから。その彼女を置き去りにして失踪してしまった。本当にひどい奴です。

ところで望月さんはアーラン国のワクチン工場のお話をされていますが、一体それらはなんなのですか?　なにか我々に関係があるのですか?　お知りになりたかった紺野のことが分かったのですから、それでいいのではないのですか」

望月は怒っている金子をなだめるように話した。

「お二人は、紺野さんが自身の意志で失踪したと考えておられるようですが、たぶんその考えは間違っていると思います。おそらく彼は拉致されたのだと思います。拉致されて、西アジアの一国ムーア国に連れて行かれ、そこでワクチン工場の建設に従事した。その工場の生産にめどが立った時点で彼は解放され日本に帰国したのかもしれない。私がムーア国で取材した情報をまとめると以上のようになります」

村瀬はそれを聞いて驚いている様子だったが、金子は語気を荒らげて言った。

「紺野が拉致されなければならない理由などどこにあるのですか？　そして今は解放され日本にいる。そんな馬鹿げた話を聞かされて、一体誰が信用するのですか？」

望月は、金子が冷静になれないことは理解できた。望月自身もここまでの結論に達するまでには、紆余曲折と長い時間の煩悶《はんもん》があったのだ。だが彼はさらに聞きたいことがあるので、二人には冷静になって聞いてほしかった。

「お二人がすぐには私の話を信用できないお気持ちはわかります。しかし私は実際にムーア国へ取材に行って、現地のワクチン工場で紺野さんと一緒に働いていた工場長の話をまとめたのです。見ていただいたアルバムもその時、工場長から日本いる紺野さんに渡してほしいと頼まれたものです。私はお二人を騙《だま》すつもりは全くありません。ただ、ここまでの話を聞く限り、どうも紺野さんは日本に戻ってはいないと思われる」

それを聞いて、村瀬が口を開いた。

「では、彼は今どこに？」

望月は彼女を見ながら、彼の推測を濁して言った。

「おそらく日本以外の国のどこかに。村瀬さん、あなたは紺野さんとはかなり親密なお付き合いをしていたと思い、お聞きします、紺野さんが拉致されなければならない彼の秘密など、何か知っていることがあれば教えていただけないでしょうか」

彼女は望月を見て言った。

「望月さん、いろいろ調べてくださったのですね。お心遣いに感謝します。私は彼が私たちを裏切って、海外の企業に破格の条件で引き抜かれたのかもしれないと疑っていたのですが、拉致されたというなら私にも彼の失踪が納得できます。拉致された者が簡単には解放されるはずはないですよね。仮に彼が解放されたとしても、彼は密航といった特殊な方法でしか日本に戻れない。その両方の可能性から考えて日本にはいないと判断されているわけですね。

話を変えて、彼の仕事のことをお話しします。彼のここでの業務は創薬でした。創薬とは薬の開発です。開発は一人ではできません。そこで、ここでもチームで行うことになるのですが、頭脳明晰《めいせき》な彼は、自分の業務以外の研究もしていました。そして時に学会に彼の書いた論文が掲載されたりもしていたのです。

その意味で彼は、その分野では世界的に名前の知れ渡った学者でありました。もしも彼がムーア国と言われる国で創薬の仕事を強制されたのであれば、おそらく彼がひとりで研究していた薬に関する開発だと思われます」

望月は興味深そうに聞いた。

「村瀬さん。紺野さんが研究した薬は、人体にどのような効果があるのですか？」

金子は顔をしかめた。望月の質問の答えは社内規定の情報漏洩《ろうえい》に該当するからである。

金子はしばらく望月を見ていたが、望月がどうしても知りたそうにしているので、

「望月さん、これからの話は当社の最高機密のお話になります。決して他言はしないとお約束ください。いいですね」

望月は、

「約束します。安心してください、絶対に口外いたしません」と言った。

金子が頷いたので、村瀬は語り始めた。

「望月さん、この世の中には過去から現在に至るまで、精神障害者が起こした凶悪犯罪がたくさんあります。望月さんのようなジャーナリストであれば、その発生件数が決して少なくないことはご存じだと思います。

凶悪犯罪が発生するとその分析が行われます。犯行者の精神鑑定などがその分析に該当

します。そして犯行が犯人の精神障害が原因であった場合には、無罪もしくは情状酌量された判決になることがあります。

紺野さんはよく言っていました。『精神障害者が起こす凶悪犯罪は犯罪者も被害者も不幸にする』と。この意味が望月さんにはお分かりになりますか？

世間一般論では被害者が不幸、不運ととらえられますが、彼の意見はそれとは異なります。彼は犯罪を起こさせる精神障害者にはそれを起こさせる遺伝子があり、遺伝病としてとらえていました。祖先から遺伝された精神障害遺伝子を持つ父母の組み合わせで、犯罪を起こす精神障害者が生まれる。そしてその遺伝子が、ある時目覚めて狂気を発現し、凶悪犯罪に手を染めさせるわけです。

紺野さんは、この凶悪犯罪を起こす遺伝子を持つ者は色弱とか血友病患者と同じで、遺伝病ととらえたわけです。そしてこの遺伝病は内科的に薬で治すことができるという主張でした。

彼はさらに、システムでこの精神障害病遺伝子を撲滅しようとしました。彼が考えたのは、精神障害者が自ら手を挙げて薬を望み飲むことはありえないし、精神障害病遺伝子を保持していても本人にはわからないという問題でした。そこで彼が採用したのがワクチン方式です。

彼の創薬した薬は、精神障害病遺伝子を持たない者には無害で、持っている者はその遺伝子にマスクを被《かぶ》せることで遺伝子が発現しないようにするわけです。つまり、誰もが彼の薬のワクチンを接種すればそれで済むのです。そうすることで精神障害者による犯罪者も被害者も出ない世界になると言っていました。

精神障害者も犯罪を行いたくて行っているわけではなく、病気がそうさせるわけで、本来望んでいない犯罪をさせないことで不幸になることはなくなる。古くは、ロボトミーという外科の方法を用いて、精神障害者の前脳の一部を切除して精神障害を治すといったことが行われていました。結果は失敗であったと聞いていますが。紺野さんはそれを内科的方法で解決しようとしたわけです」

望月はさらに質問した。

「なるほど、で今説明を受けた紺野さんのワクチンの開発は、現在どこまで進んでいるのでしょうか？」

村瀬は再度金子の顔を窺《うかが》いながら答えた。

「今は安全性などの試験もクリアしており。間もなく認可の運びとなるはずです。それに加えて彼が失踪する少し前に、彼はもっとすごい発見をしていました」

ここで金子課長が村瀬の話を遮った。

「村瀬君、喋《しゃべ》りすぎだ、これ以上はやめよう」

望月は慌てて金子課長にお願いした。

「絶対に秘密は守ります。紺野さんの名誉の回復のためにもお願いします」

金子は困った顔をしながら、

「わかりました。私は聞かなかったことにします。村瀬君、望月さんが抱えている問題が解明されたら、紺野君の名誉も回復できるという彼の言葉を信用しよう」

金子はそう言って席を立った。望月と村瀬は頭を下げて彼を見送った。

「紺野さんは、精神構造を決める遺伝子があり、それが多数の遺伝子にわたり分布し、各遺伝子に配列する塩基の種類の違いから精神構造が決定することを発見しました。あの時点で紺野さんは、すでに塩基の配列の組み合わせと精神構造の関係を解明していました。そして精神構造のタイプごとに使用する薬の構造も、彼の頭の中に入っていたようです」

村瀬の話に、望月は唖然《あぜん》としていた。彼女の顔を見ながら恐る恐る聞いた。

「さっぱりわかりません。脳の精神構造とは一体何なのですか？　そして遺伝子の組み合わせを操作することで、どのタイプの精神構造にするかが決定できるとしたら、その効用とか目的は何ですか？」

「ごめんなさい、少し専門的すぎました。簡単に言えば、精神構造とは怒りっぽい、呑気《のんき》といった性格のことと考えてください。つまり、脳の精神構造も獲得形質ではなく遺伝であるという意味です。要するに薬を使って遺伝子構造を変更すると、それに伴い精神構造も変えることができるという意味です。

紺野さんが使ったタイプとは、精神構造の代表を動物で例えたものです。例えば肉食獣のトラの場合は、脳の精神構造は野獣タイプになるし、草食動物のヤギの場合は、それがおとなしいということになります。あくまでも動物の性質に例えているわけです。もちろん、トラと言ってもその中には割とおとなしいトラもいれば猛々しいトラもいる。でも我々がトラと聞いて連想するのは、猛獣で怖い動物であるということです。

このように脳の精神構造を変えると、どのような効果があるのかと言えば、例えば家庭内暴力における夫の脳精神構造をヤギに変更すれば、きっと家庭内は円満になる。このような使い方ができます。日本人と西洋人、男と女でも脳の精神構造は異なります。

ご理解いただけましたか？　確か紺野さんは犬と象、そして羊の精神構造を持つ脳に変換することに動物実験で成功したと言っていました」

望月はさらに聞いた。

「紺野さんが開発に成功した脳の精神構造変換薬と、他の薬品との相互の相性はどうなのですか？」

「紺野さんの話では、脳の精神構造変換薬は設計上、脳の特定遺伝子だけをターゲットにしており、それ以外の遺伝子には影響を与えないと言っていました。しかし、他の薬と併用した場合の副作用は、試験をしないとわかりません」

村瀬はそう答えた。

「精神構造変換薬は、接種後どの程度の期間で接種した人の精神構造が変換されるのですか?」

「摂取された方の持っているもともとの脳の精神構造タイプによります。草食系の方が草食系の精神構造変換薬を摂取すると、もちろん早い。一番効果が出にくいのは、肉食系のタイプの方に草食系の精神構造変換薬を投与した場合です。

ただし、今私が話している内容は、あくまでも紺野が動物で試験を行ったその結果からのお話です。人間にはもちろん試験していません」

村瀬の話が終わり、望月が聞かなければならない質問はもうなかった。望月は持参したアルバムを村瀬に渡しながら言った。

「これは紺野さんとワクチン工場の仲間で撮った写真集なんです。あちらの工場長が紺野さんに渡してほしいと言っていました。村瀬さんが代わりにお預かりいただけますか」

村瀬がそれを受け取ると、望月は彼女に頭を下げて部屋を出た。

彼はようやく第二の疑問も解決できる糸口が見つかったと思った。やはりサガンは何かを企んでいるのだ。

8．紺野とワクチン工場

望月がヤマツ薬品を訪問してから一週間が過ぎた。ヤマツ薬品を訪問したことで、望月が抱えていた二つの疑問の一つが片付いた。彼は残る疑問は一つと思いながらも、今は本来の報道カメラマンの仕事が忙しかった。

そんな時、村瀬かずみから電話が来た。電話の内容は、預かったアルバムから彼女が面白い写真を見つけたらしく、その写真を添付してメールを送ったので是非見てほしいということであった。

望月は早速メールを確認した、添付は二枚の写真であった。彼女が面白いと思った写真の説明が本文で説明されている。

送られた写真は紺野を真ん中にその周りを彼の同僚が囲んでいる。顔には笑みを浮かべてきちんと整列していて、おそらく記念写真と思われる。紺野は右手でピースサインを作り、左手には薬品瓶を持っている。薬品瓶の表面には文字が書かれたラベルが貼ってある。文字が小さいので肉眼では判別が難しかった。

村瀬は拡大鏡を使って、この文字が32という数字と認めた。この数字32の初めの3は、紺野がヤマツ薬品で研究していた時に、脳の精神構造の遺伝子組み合わせタイプが犬の識別コードとしていた。その次の数字2は犬種を表していて、紺野は自分が一番好きなラブラドール・レトリバーを1としていると書かれていた。だが2の犬種は不明であると村瀬はコメントしていた。

もう一枚の写真も構図はほぼ同じで、薬品瓶のラベルは71と認められた。

7は脳の精神構造の遺伝子組み合わせタイプがヤギで、その次の数字1は綿羊である。

望月はメールをさらに数回読んで、頭の中で内容を整理してから村瀬に電話をした。

「村瀬さんですね。望月です。メール読ませていただきました。私の方から二点ほど質問いたします。一点目は、訪問時に村瀬さんは紺野さんがすでに犬、象そして羊の精神構造変換試作薬で動物実験に成功したと言っていましたよね。この成功論文はどこかの専門誌に掲載されたのでしょうか？　二点目は、例えば犬の精神構造変換薬を使って犬の精神構造に脳を変換した場合、嗅覚が犬のように向上するのでしょうか？」

「一点目のお尋ねの件ですが、紺野は精神構造変換薬全般の研究成果を多くの専門誌に寄稿しました。彼は精神構造変換薬が成功すれば、多くの人の役に立つと思っていたからです。多くの研究者が彼の論文を見て、いろいろな意見が出てくることを望んでいました。それらの多くの意見が彼の研究を後押ししてくれて、その結果、成功も早くなると思っていたのです。

投稿された彼の研究論文を載せない専門誌はおそらく皆無と思われます。彼の研究は現在多くの脳科学者の賛同を受けております。彼は現在、脳科学分野のリーダーであり、脳科学者で彼の論文を知らない者はいないと思います。望月さん、実は私も彼の信奉者の一人です。これまで発表された彼の論文はすべて読んでおります。

二点目の問いに答えるなら、犬の精神構造に脳が変換されても、嗅覚が犬のように向上することはありません。なぜかといえば、嗅覚器官はその動物特有な組織だからです。嗅覚器官が劣る人間の脳が犬の精神構造へ変換されたとしても、嗅覚は向上しません。

彼の開発した精神構造変換薬では脳の精神構造、つまり精神に関することしか変わりません。ただし、脳の精神構造変換薬で変化した遺伝子は遺伝します。よって親から子供へ、その孫へと子々孫々、変化した遺伝子は受け継がれることになります」

「わかりました。ご丁重な説明感謝します。また何かあれば連絡します」

と言って望月は電話を切った。

望月は頭の中を整理することにした。村瀬から説明を受けた写真のこと、それとなぜサガンが紺野を使ってワクチン開発工場の立ち上げを急いだのか？　その二つを結びつけるつながりは一体何なのか？　堂々巡りの問答が望月を悩ませた。

望月はもう一度、村瀬が送ってきた写真を見た。紺野は右手でピースサインを作っている。ピースサインを作るというのは紺野の気持ちの高揚だ。その高揚はおそらく紺野がついに脳の精神構造変換薬を、動物ではなく人体治験で成功させたからだろう。そして紺野にこの脳の精神構造変換薬の開発を命じたのは誰かと言えば、それはサガンだ。

では、サガンが紺野を拉致する危険を冒してまで脳の精神構造変換薬が欲しかったのはなぜだろう。望月はじっと目を閉じて考えていた、そして彼が目を開いた時、彼は笑った。それはついに第二の疑問が解けたことを意味していた。

なぜサガンがワクチン開発工場の立ち上げを急いだのか？　それを順序立てて説明すると、まずサガンが紺野の精神構造変換薬の論文を読んだ。そして彼の頭にある画策が浮かんだ。その画策とは、まず紺野を拉致し、彼に精神構造変換薬を開発させる。そしてその薬を国民に処方し、彼らの心を自由に扱えるように利用することだ。精神構造変換薬を秘密裏に国民に処方するために、サガンは伝染病のワクチンだと言って国民に接種する。国民はサガンのこの計略に乗せられたばかりか、彼を偉大な大統領と称賛することになる。

あのワクチン工場が他国からの設備援助ではなく、援助金で建設された理由がここにある。拉致された紺野さんは、かわいそうにサガンの命令を聞くしかなかった。本当に気の毒なことだ。

例えば精神構造変換薬のタイプを犬にして国民に接種すれば、犬の特徴的性質である主人に忠誠を尽くし敵にはひるむことなく牙を向ける。国民はそういった性格になる。つまりムーア国に当てはめれば、大統領には従順になり、自国外の敵兵には死に物狂いで向かって行って戦う、そんな国民となる。

サガンがなぜこんなことを考えたのか。それはムーア国自体が彼の革命で勝ち取った国であり、彼が逆に革命を受けて失脚する可能性も十分にあるからである。つまり、彼は裏切りに非常に敏感なのである。

ワクチン工場は、建て前では外国からの建設援助で建設されたことになっている。誰もサガンがその設備を使って悪事を働くとは予想していないはずだ。

ただ、望月にもまだ疑問があった。おそらくすでに紺野さんはムーア国にはいないはずだ。サガンは精神構造変換薬が出来上がる前に、紺野さんを抹殺するはずはない。そう考えると、ムーア国のかなりの国民が犬タイプの精神構造変換薬の接種を受けているはずだ。

今回、自分とペギがムーア国の取材をしたわけであるが、ムーア国で自分たちはムーア国民にとって見知らぬ外国人であり、彼らがあのように丁重にそして親切に接してくれたことはおかしいことになる。彼らにとって自分たちは牙をむかれる対象者であるはずだ。

望月は、まだきっと謎があるはずだと思った。

望月はペギにメールを送った。依頼内容は、ムーア国の工場長に頼んで、日本人の紺野が住んでいた宿舎がまだ残っているかの確認、もし残っていれば、紺野の遺留品が残っていないかの確認、そして残っていれば保管しておいてほしいという依頼であった。

望月がペギにメールを送って二週間が経った時、ペギから返事が来た。望月の希望した紺野の宿舎と遺留品が残っており、遺留品は工場長が別途保管してくれていると書かれていた。

望月は感謝の言葉とムーア国への再訪問の文面をしたためたメールを送った。彼は紺野の遺留品を調べることで、彼の新たな疑問を解決してくれるかもしれないと思った。

9．サガン大統領の処刑

望月がムーア国を再度訪問して紺野の遺留品を引き取る計画を進めていた時、突然仰天するようなニュースが飛び込んできた。それはサガン大統領が処刑されたというニュースだった。

紺野の遺留品に関するペギからのメールが届いてから約一か月が過ぎていた。

望月は急ぎムーア国に行くことにした。取材のビザはすでに準備していた。そこでペギの都合を聞いたところ、早くても五日後以降と連絡があった。彼はもっと早く行きたかった。早く行けば行くほどビッグスクープが得られる。だが、ペギがいない状態で行う取材は危険が伴うことが確実であり、彼は諦めた。

彼にはこの五日間がとても長く感じられた。出発までの間、望月はあらゆる情報源からサガンの処刑情報を集めた。そしてその内容を整理すると、サガン大統領処刑とそれに伴うムーア国終焉《しゅうえん》の顛末《てんまつ》は次のような内容であった。

突然アーラン国軍隊がムーア国に侵攻した。ムーア国軍隊が反撃防御したが、三日ほどでムーア国全域がアーラン国に占領された。あまりにも早くアーラン国がムーア国首都に達したため、サガン大統領は逃げる間もなく侵攻軍に拘束され、さらに裁判を受けることもなく、即時処刑されたとのことだった。

望月は、どうにかこうにかアーラン国経由で旧ムーア国領へ到着した。多くの報道陣がこの旧ムーア国に訪問していた。

二日間、ペギと一緒に旧ムーア国を見て回ったが、驚くことに、前回訪れた時のムーア国とほとんど何も変わらなかった。考えてみれば三日間でアーラン国に再占領されたわけであり、言ってみればムーア国上層部支配層がアーラン国のそれに代わっただけである。市街戦闘がなかったことで、街の景観も市民の活気も変わりようがないのであろう。

変わったことといえば、国の元首がサガン大統領からアーラン国国王へ、そして国名がムーア国からアーラン国へ変わったことだけだ。そしてその変化を象徴するように、大統領府に掛けられた肖像画がサガン大統領からアーラン国王へ変わっている。

「三日間で制圧か？」

望月は首をかしげた。

「前回の取材ではムーア国民から絶大な支持を受け、国境の軍隊からも信奉されていたサガンだった。それなのになぜ、国民と軍隊は敵の侵略に強硬な反撃もせず、熱愛していた大統領を奪われ、処刑させてしまったのか？」

と空を見上げて言った。その空はあの時と同じように青く澄んでいた。

望月はムーア国の顛末の原因として、紺野の精神構造変換薬が関与しているのだろうと思った。そこで彼はその信憑《しんぴょう》性を確かめるため、最初にアーラン国軍の新しい司令官グロス将軍に取材を行い、その後、紺野の遺品を確認することにした。

　望月は自信を持った表情で、

「きっとこれらから何かがわかるはずだ」と独り言を言った。

　望月はグロス将軍と対面し、互いに席に着くと取材を始めた。

「グロス将軍、ムーア国の占領おめでとうございます。しかも三日で制圧され、サガン大統領も拘束することができたわけで、将軍の統率力を国王も高く評価されていると思います。

　ところで、お使いになった戦略は、一体どういったものなのでしょうか？」

　望月の質問にグロス将軍は即答した。

「特に特別な戦略は用いてはいない。ムーア国の兵隊は勇猛果敢と聞いていた。だから苦戦は覚悟していたのだ。ところが実際はムーア国の兵隊は臆病者ばかりであった。最初はたしかに抵抗はあった、ところが戦線が一旦膠着《こうちゃく》状態になった時、彼らは何を血迷ったのか白旗を上げて投降し始めた。

　敵側の投降の理由が解せないため、きっと何か罠があると思ったが、それはこちら側の思い過ごしだった。投降兵の彼らは銃弾を打つこともなく、銃を捨てて、手を頭の後ろに組んで出てくる。どこの陣地でもこれと同じことが起こった。指揮官から率先して投降してくる。

結局、ムーア国には軍隊と呼べるものがどこにもなかった。大統領府の親衛隊も然《しか》りであり、サガンは簡単に我々の手に落ちた。全く腑《ふ》に落ちない戦であった。軍人として逆にサガン大統領に同情する。私がもしも同じ立場であったらと思うとぞっとするよ」

「囚われたサガン大統領の印象はいかがでしたか？」

「もともとサガンはアーラン国の元帥で、我々の最高指揮官であった。元帥の地位にまで上り詰めた男で、非常に優秀な男と評判であった。だがアーラン国からすれば彼は確かに裏切り者であり、重大な犯罪者だ。だから裁判もなく処刑が決定されたのは当然のことだ。ただ、今回の戦いでは逆に国民に裏切られた形で刑場に運ばれて、死刑前にサガンはこんな言葉を叫んでいた。おそらくそれが彼の遺言だと思うが、私には何を言っているのかさっぱりわからなかった」

そしてグロス将軍はサガンの遺言を告げた。

「『コンノを信用したのは俺の誤算だ。俺が奴から受けた呪いは、今度はお前たちが引き継ぐ番になるのだ』。サガンはそう言いながら大声で笑っていたよ」

望月はグロス将軍に感謝の言葉を述べて取材を終えた。望月は旧ムーア国民のかくも変わり身の早いことに驚いたばかりでなく、もしかしたら望月自身も彼らに騙されていたのかもしれないと思った。

10. 紺野遺留品

ワクチン工場はアーラン国の侵攻とは無関係に稼働していた。望月は工場長に頼んであったコンノの遺留品の件を片付けるためにワクチン工場を訪問していた。工場長は望月に再会できたことを喜びながら、遺留品のある場所へ案内してくれた。

最初に案内されたのはコンノの宿舎であった。同行したのはペギだけだった。

コンノの宿舎とワクチン工場は棟続きであった。望月は工場長に断って写真を撮る許可をもらった。宿舎部屋は二室構成だった。一室には机と椅子、冷蔵庫、そして本棚があり、本棚には英語で書かれた専門書が置いてあった。

別室にはベッドがあり、そこが寝室と思われた。今はシーツもなくカーテンも外されていて、室内は太陽の光が充満していた。おそらく窓からは砂漠に沈む夕日が大きく見えたであろうと思われた。

「工場長、コンノさんには休日はあったのですか？　彼はその時何をしていたのですか？」と望月が聞いた。

「休日は工場に出ていたり、宿舎で本を読んだりしていました。コンノは通訳なしでは会話もできないのです。また、この付近には風光明媚《めいび》な観光地もないので、ここで静かに過ごしていることが多かった」

望月は部屋の中をくまなく見渡した。そして慣れない環境の中で、彼が何を思って暮らしていたのかを想像して思わず身震いをした。

そして心の中でつぶやいた。

――彼が自分自身を捨てることなく、ここで生きていけたその原動力は一体何であったのだろう？

望月はベッド部屋の壁に黒い文字が書かれているのを見つけた。何かの記号のようにも見えるが、彼はその文字をカメラに収めてから、工場長に向かって言った。

「宿舎の方はわかりました。では次に、保管しているコンノさんの遺留品を見せていただけますか？」

工場長は先導してコンノの遺物の保管先へ案内した。

遺物として残っていたものは三点であった。一点は本棚に置かれている英語の専門書で、かなり厚い。二点目は長袖のジャケットで、望月がその裏を確認すると「紺野」と刺繍《ししゅう》してあった。

「コンノはやはり紺野だった。こんな砂漠に長袖のジャケットなど無縁だ」

望月はそう言いながらジャケットの写真を入念に撮った。

最後の一点はノートパソコンであった。パソコンはアーラン国でも高価である。おそらく日本人向けの仕様が幸いして、誰も持ち去らなかったのだろう。ラッキーであった。

望月はパソコンと英語の専門書を持ち帰ることを工場長に許可してもらい、ジャケットは焼却処分することにした。

望月が工場長に感謝すると、工場長は、

「コンノは渡したアルバムを喜んでくれましたか？」

と聞いてきたので、望月は「喜んでいました」とだけ言った。

望月はアルバムの話から逃れるように、それに続けて、

「工場長、このワクチン工場では何種類の接種薬を製造しているのですか？」と聞いた。

「三種類です。伝染病ワクチンと抗生物質、そして少し遅れて生産を始めた伝染病用強化ワクチンです」と工場長は答えた。

「それら三種の薬の接種はどうなっているのですか？」

「毎年ワクチンと抗生物質は一週間の間隔を空けて接種します。そのあとさらに一か月の間隔を空けて同じこの二種の薬剤を接種します。それに引き続き、さらに一か月以上空けて伝染病用強化ワクチンを接種します」

「接種義務は、ワクチンと抗生物質を一年に最低それぞれ二回と聞いていましたが？」

「紺野がここを去る少し前に、伝染病用強化ワクチンが完成しました。彼は完成したばかりのこのワクチンを、接種義務が終わった者には必ず接種してほしいと言っていました」

「伝染病用強化ワクチンは、ムーア国民のどのくらいの人が接種を受けていたのでしょう

か?」

「ほぼ全員です」

工場長は答えた。

望月は工場長に深くお礼を言って別れた。

「きっと、これら接種義務ワクチンに何か秘密があるのだろう。それが分かるのは、紺野が勤めていたヤマツ薬品と、同僚の村瀬だけだろう」

そう思いながら、望月は日本に戻ることを決めた。

11. 心のやすらぎ

望月は帰国するなり、取材してきたムーア国敗北に関する報道内容を急ぎまとめた。望月の今回の報道内容も、他社の報道と同様に世界をにぎわすような内容ではない。内容的に注目を集めたのは、やはりサガン大統領の処刑に至る経緯であった。世界的にサガン大統領軍は強いと言われていたからである。そのこと以外にも、望月はそれに至る原因の全体像を、おそらく掴《つか》んでいると自負しているが、今回は時期尚早として発表を見送った。

望月は紺野のパソコンを、日本に戻るやいなや問題なく起動するかどうか調べた。そして中身をざっと閲覧してみた。望月には詳しくはわからなかったが、おそらく薬品開発の情報などが大部分を占めているのだろうと思った。

このパソコン内にヤマツ薬品の秘匿事項で、望月が知ってはいけない情報もあると考えられるため、望月は持ち帰った紺野の遺留品二点を村瀬かずみに渡すことに決めた。おそらく村瀬も早く紺野の遺留品を見たいと思っているだろう。

紺野の遺留物にパソコンが残っていたのは本当にラッキーだったと思う。データがすべて日本語と英語で書かれているので、ムーア国の誰もこのパソコンの内容を読み解くことができなかったはずだ。望月はこのパソコンの中に、きっと貴重な何かが残されているであろうことを期待した。

村瀬に遺留品を渡して二週間が経過した。今日、望月は村瀬からの要請でヤマツ薬品を訪れている。

村瀬は、紺野の遺留品を持ち帰ってくれたことに感謝を述べ、そのあとに言った。

「持ち帰っていただいたパソコンと専門書は、間違いなく紺野のものでした。私は紺野が使っていたパスワードを知っていましたので、このパソコンの中に重要なものがいっぱい詰まっていることが分かりました。

ヤマツ薬品に係る詳しいお話はできないのですが、紺野は拉致連行されたワクチン工場を使って、当社にとっても貴重な薬品研究をしており、そのデータが残されていました。その中には多数の治験データも含まれています。

あと、私事になりますが。紺野はこのパソコンの中に私宛のお詫びの言葉を残しておりました。なぜ彼が私にお詫びの言葉を残したかと言えば、彼と私は婚約していたのに、ある日突然失踪しなければいけないからです。

私は浅はかにも、海外の企業からのオファーを受けた彼が、おそらくその破格の報酬に目がくらんで、会社と私を捨てたのだと思った時もありました。そのことがかなりの間、私の心に重くのしかかっていたのは事実です。

でも彼は私宛の詫び状の中で、『自分は拉致されてしまい、連絡が取れなくなった。今でも結婚したい気持ちに変わりはない』と、何度も詫びています。それを読んで、私は紺野を恨んだことが今は恥ずかしいです。あの時、一時期ですが私は紺野が信用できなくなっていた。この紺野の詫び状によって私は、私の心は解放され、救済されたのです」

望月は、それを聞いて自分の考えを告げた。

「村瀬さん、おそらく紺野さんは、このパソコンがいつか日本にいるあなたの元に必ずしも戻るとは限らないと思っていた。だから――」

望月は写真を取り出して言った。

「これは紺野さんの寝室の壁に書かれていたものです。村瀬さんに対するお詫びと、今もそしてこれからも、ずっと村瀬さんを愛し続けるという誓いが書いてあるようです。

村瀬さん。彼が一人拉致されたあの砂漠の中で自分自身を捨てなかったのは、あなたの存在と自分の好きな研究があったからだと思います」

望月は村瀬を慰めるように言った。

「望月さん、ありがとうございます。それにしても、彼は今どこにいるのでしょうか？何か心当たりはありませんか？」

彼女の問いかけに、望月は困った顔をして言った。

「残念ですが、それはまだわかりません」

村瀬は頷いてから続けた。

「遺留品の残りは彼が残した日記でした。彼は拉致された後のことを詳しく日記に書いて残していました。この日記はきっと望月さんに有用なデータとなると思います。このメモリにコピーしておきましたので、是非彼の拉致を世間に公開するとともに、彼の行方をつきとめて、何とか彼を我々の元に返してください」

彼女はそう言って、紺野の日記のデータが入っているメモリを望月に渡した。

メモリを受け取った望月は、お礼を言って帰路に就いた。

会社に戻る途上、望月は村瀬の言葉を思い、悩んでいた。そして、

「彼を見つけることはほぼ絶望的だろう」とつぶやいた。

だが、すぐに首を横に振りながら言った。

「彼はあの絶望の境遇の中でも生きることに真摯に向き合っていたのだ。僕も諦めないでこれからも彼を探し続けよう」と。

12. 紺野日記

望月は、村瀬から預かったメモリに書かれている内容を一読した。望月はその内容が推測から導いた結論と大きな差がないことを理解した。

彼の日記の要点の第一は、彼がやはりサガンの指示で拉致されていたことである。サガンが紺野を拉致した理由は、サガンが紺野の開発した精神構造変換薬に魅入られたからである。

紺野の開発した薬はサガンのような独裁者にとって、自国民を統率するのにこれ以上ない特効薬に映ったはずだ。どんな過酷な命令にも従順に従い、決して反抗などしない国民、それを彼は欲していた。

サガンが大統領になったのは国民の信望があったからではなく。武力で勝ち得たもので、どこにもその正当性がない。だから逆にサガンが革命の餌食になっても誰も文句は言わないだろう。そこでサガンは己の心の平安を求めて、紺野の薬で自国民の脳の精神構造を改変し、自分に絶対服従するよう画策したわけである。

要点の第二として、サガンが拉致連行した紺野にどのような精神構造タイプの薬を要求したかと言えば、タイプを犬に、その種類をドーベルマンに設定して開発をすることを命令したのだ。つまり、例の写真の32が示す末尾2はドーベルマンを意味するということだ。

ドーベルマンは犬の中でも敵愾心《てきがいしん》が強いと考えたのだろう。

サガンは薬の開発の目的を紺野には話さなかったが、紺野は薬の開発が進むにつれてサガンが画策していることを徐々に理解していった。そして紺野が開発した薬をワクチンとして国民に接種する計画を知った時、紺野は意を決した。サガンの言うとおりに精神構造変換薬を作ると、隣国国民とばかりでなく、自国民同士が戦うことになりかねないと判断したからである。紺野はドーベルマンが持つ闘争心に不安を持ったのであった。

そこで彼はサガンの命令に従っているようなふりをして、内密に精神構造変換薬を71の綿羊タイプに変更してから国民に接種を開始した。その後、紺野はさらに伝染病用強化ワクチンとして精神構造変換薬81のシマウマタイプを作り追加接種を開始した。そのことによりムーア国の国民は、草食動物の綿羊とシマウマが混じったハイブリッド構造になったわけである。

両動物の精神構造変換薬の効用で、国民は主人に無頓着な脳精神構造状態へ変わった。アーラン国の侵略に、すぐ国民が白旗を上げて降参したのはこのことが原因である。

サガンの遺言、「コンノを信用したのは私の誤算だ。私が受けた呪いは今度はお前たちが引き継ぐことになるのだ」。この遺言の中の誤算は、紺野にしてみれば正解と置き換えるのが正しいと思っている。サガンの指示したとおりに精神構造変換薬を犬とドーベルマンで製造し接種したならば、おそらく国民は毎日喧嘩し、死人も多数出たに違いない。紺野はサガンの画策が逆に彼自身を苦しめることを予想し、正解を選んでいたわけである。その意味でサガン自身がコンノを理解していなかったということになる。サガンの命令が、仮に紺野が選択したタイプであったなら、きっと彼は当時の国民と同じようにサガンを信奉したかもしれない。

彼の日記からは、紺野自身もムーア国民と同じタイミングで精神構造変換薬を接種していたことがわかる。紺野は自分の性格を詳しく分析していた。そしてその脳精神構造が草食動物タイプから来ていることも分かっていた。だから彼は精神構造変換薬に草食動物を選んだのだ。

なぜかと言えば、紺野が拉致の意味を十分理解していたからで、それは自分自身が決して日本に戻れないということである。言葉も通じないムーア国で、自分がここの国民と仲良く生きていくために、彼は脳の精神構造をムーア国民と同じにすることをただ単純に考えたのだ。

それは紺野の生に対する執着であり、その目的として自身が愛する薬の開発、そして究極には村瀬がいたと考えられる。そのため自分自身で喜んでワクチンの接種を受けたわけだ。

綿羊の忍耐強く寛大で物静かな性格、紺野のこれまでのノウハウを集結して開発した彼の最高傑作品だ。そしていつか自分が解放される時をここで待つことにしたのだ。

紺野の日記の要旨は以上であった。

望月はもう一度サガンの遺言を思い浮かべていた。サガンの言っている〝コンノの呪い〟とは、二つに解釈できる。一つは拉致された腹いせに、サガンの命令に従わずコンノがサガンの望む薬とは逆効果の薬を作ったこと。もう一つはコンノの薬自体が世間で喧伝されるほどの効果がなかったということ。すでにサガンがいない今ではどちらが正解と断言はできないが、引き続く次の言、「私が受けた呪いを今度はお前たちが引き継ぐことになるのだ」から、〝コンノの呪い〟の解釈は最初に述べた方が当てはまると考えられる。

すなわち「今度はお前たちが引き継ぐことになるのだ」の意味は、次にアーラン国が同じように紺野の開発したワクチンを国民に接種すると、アーラン国がムーア国と同じように他国からの侵略に脆弱《ぜいじゃく》な国になる、という意味であろう。

外敵の侵攻に対してアーラン国民は専制君主の国王を守ろうとはしない。彼らにとって誰が君主、独裁者であろうと関係ない。極論すれば専制君主などいてもいなくても関係ない性格になってしまうわけだ。

望月は紺野の開発したこの薬のことは口外しないことにした。なぜならこの薬が今後もアーラン国の平和に寄与することになるはずだし、正しく紺野の意志を理解した者たちで、ぜひ世界中に流布してほしいと思うからである。

望月はムーア国のサガンが行った紺野の拉致事件の真相の一部と、今は解放された彼がまだ世界のどこかで生きていることを信じて、紺野の写真入り報道をした。

そして望月は、この報道雑誌を持って村瀬を訪ねた。

彼は自分の向かい側に座る村瀬に持参した雑誌を渡し、

「村瀬さん、紺野さんの消息に関しては、今私ができることはこの雑誌程度のことです。ほんの少ししかお役に立てませんでした。申し訳ありません。ただ、私は海外へ取材に行くことも多いので、行く先々で紺野さんの消息は尋ねることにします」

と頭を下げた。そして預かったメモリを村瀬に返しながら、望月はこれまで調べた紺野に関するまとめの報告を行った。

しばらくの沈黙の後、村瀬が口を開いた。

「望月さん、紺野の件では大変お世話になりました。私は改めて彼の深淵《しんえん》な優しさ、誰にも負けない勇気、そして自分に恥じない信念を持ち続ける精神を知ることができました。それから私が紺野に愛されたこと、そして今、ますます彼のことが好きになった自分に誇りを持っています」

「それはよかった。それで、村瀬さんは今後どうするつもりなのですか?」

「もうしばらく紺野をここで待ちながら、紺野が愛した薬の開発をしたいと思います。そうすることで、もしかしたら彼と一体になれる時が来ると信じたいと思います」

二人はそのまましばらくそれぞれの思いにふけりながら席に座っていた。

望月は今回の件をもう一度振り返ってみて、そして思った。

――今度自分がアーラン国へ行ったなら、旧ムーア国と同じような親密な優しい国民がそこにいるはずだ。そのもとは紺野が築いたものだ。サガンが紺野を拉致連行したことは彼にマイナスに働き、そしてその逆に、アーラン国とその近隣国にはプラスに働いた。このプラスマイナスの符号の逆転が独裁者サガンの誤算なのだ――と。

完

あとがき

中学生の頃、たまたま国語の授業の課題で書いた小説が先生の目を引き、お褒めの言葉をいただいたことがあります。

しかしあの当時は、その言葉をいただいた喜びを素直に受け入れられない自分でした。そろそろ第二の人生を迎える時期になり、それまではうわべだけで観ていたテレビドラマも、自分だったらこんな風に、違ったストーリーにしていただろうな、といったことを勝手に頭の中で描いたりしていました。

そんなことを繰り返しているうちに、だったら自分で書いてみればいいじゃないか。そんな大胆な発想を持つようにもなったのですが、火をつけたのは、とうの昔にいただいた、先生のお褒めの言葉です。

この作品は、そんなおだての言葉からもらった勇気で書き上げました。

「豚もおだてりゃ木に登る」。豚はきれい好きではあるが文才があるとは思いません。しかし豚の持てる限りの頭を絞って書きました。

突拍子もないフィクションではなく、決して起こり得ないことではないと思えるフィクションに仕上げたつもりです。ぜひ皆様のお力で、豚を木に登らせてあげてください。

もしかしたら、現実に起こってしまうかもしれないと思えるフィクションとして。

最後に今回の著作に勇気を与えてくださった、恐らく既に鬼籍に入られている先生に、改めて心から御礼を申し上げたいと思います。

真田　翔

著者プロフィール
真田 翔（さなだ しょう）
昭和生まれの北海道出身、現在は宮城県に居を構える。
とにかく外出が苦手で隣人からは隠者のように思われている。
多彩な趣味を持ち、本人は結構多忙な毎日を送っていると思っている。
じっとしていることが嫌いで、まるで子供、それが奥さんの評価。

独裁者の誤算

2024年５月15日　初版第１刷発行

著　者　真田 翔
発行者　瓜谷 綱延
発行所　株式会社文芸社
〒160-0022　東京都新宿区新宿1－10－1
電話　03-5369-3060（代表）
03-5369-2299（販売）

印刷所　図書印刷株式会社

ISBN978-4-286-25277-3